망각

조정희 장편소설
망각

초판 1쇄 인쇄일   2018년 8월 3일
초판 1쇄 발행일   2018년 8월 10일

지은이   조정희
펴낸이   최길주

펴낸곳   도서출판 BG북갤러리
등록일자   2003년 11월 5일(제318-2003-000130호)
주소   서울시 영등포구 국회대로72길 6, 405호(여의도동, 아크로폴리스)
전화   02)761-7005(代)
팩스   02)761-7995
홈페이지   http://www.bookgallery.co.kr
E-mail   cgjpower@hanmail.net

ISBN 978-89-6495-119-4 03810

이 도서의 국립중앙도서관 출판시도서목록(CIP)은 e-CIP홈페이지(http://www.nl.go.kr/ecip)
와 국가자료공동목록시스템(http://www.nl.go.kr/kolisnet)에서 이용하실 수 있습니다.
(CIP제어번호 : CIP2018022805)

조정희 장편소설

忘却

망각

BG 북갤러리

은방울꽃이던가?
깊은 초록의,
수려한 커다란 잎.
이파리 뒤에 숨은 듯 꽃대를 올리고,
달랑달랑 방울처럼 줄지어 피어난 흰 꽃.
그래,
은방울꽃이 분명해!

햇살이 가득 들어찬 베란다 화단.
노파는 베란다에서 일어나 거실로 들어간다.
그리고 화단은 망각 속으로 사라진다.
다음 날,
아니면 당장,
베란다로 다시 나가 햇살 아래 앉더라도,
방금 있었던 일은 떠오르지 않을지도 모르겠다.
은방울꽃 이름을 떠올렸던 기억도.

1

소년의 입이 벌어지고 소리 없는 울음이 터져 나온다.

바람이 불고,

꽃잎이 흩날리고,

햇살이 온통 찬란한,

대기를 향하여 울음을 터뜨리는 소년.

주변엔 도무지 소년을 울릴 만한 이유가 보이지 않는다. 슬픈 상황이 벌어진 것도 아니고, 누군가를 괴롭히는 장면도 없다. 어떤 일이 일어날 수가 없는 것이다. 사람이라곤 소년밖에 없는 냇가에서 무슨 사연이 있을 수 있겠는가. 있다면 정자 아래 벤치에서 소년을 지켜보고 있는 여자가 이유가 되겠는지.

여자가 소년을 울린 원인이라면 더구나 이해가 힘들다.

그녀는 소년의 어머니이기 때문이다.

여자는 벤치에 앉아서 울고 있는 소년을 보고 있다.

그런데 그 표정은 도대체 무엇인가. 밝은 얼굴도 아니지만 슬픔에 젖어있다 하기도 애매하다. 더구나 울고 있는 아들을 보며 움직일 기미조차 없다. 우는 아들을 마냥 지켜보고 있는 어머니. 쉽게 이해되진 않는 풍경이다.

소년이 여자 때문에 울고 있다면, 여자의 감정도 흔들려야 정상이다. 갈등이 생기는 순간엔 양쪽 모두 감정이 상하기 마련이니까. 아무리 가까운 사이라도 그건 마찬가지다. 그렇다면 여자도 분명 속이 상했을 것이고 적어도 평정심을 잃은 상태여야 하지 않는가. 그러나 여자는 그렇지 않다. 소년의 울음에 동요가 없어 보인다. 그러니 분명 소년의 울음과 여자는 관계가 없는 것이다.

하지만 마음의 불은 켜져 있다.

마음은 쓰이고 있다.

익숙한 고통에 길들여진 표정이라고 해야 할까.

같은 고통이 계속되면 참을만해지는 순간이 온다고 하지 않는가.

여자의 표정과 태도는,

바로 그런 이유로 설명될 수 있을지도 모르겠다.

2

노인은 햇살 아래 앉아 있다.

아파트 빌딩으로 둘러싸인 광장.
광장 중앙엔 화단이 있다.
겨울이라 화단은 썰렁하다. 앙상한 가지의 키 작은 나무들만 웅크리고 있을 뿐, 화초의 존재감은 어디에도 없다. 그래도 한낮엔 햇볕이 마음 놓고 내리쪼이는 곳이라 따사로움이 꽃과 잎을 대신한다. 화단의 경계이며 의자 구실을 하는 촘촘하게 둘러쳐진 나무판자도 햇볕 아래 있다. 판자는 햇볕에 따뜻하게 데워져 노인의 엉덩이를 기분 좋게 받아준다.
햇살의 소나기 아래 앉아 있는 노인.
마음과 몸이 누글누글 녹는다.
금생!
노인이 아내를 떠올린다. 사실은 입술을 달싹여 소리 나지 않게 아내의 이름을 부른 것이다. 아내 이름이 금생이다. 그런데 노인은 자신이 입술을 달싹였다는 사실을 모른다. 그냥 마음에 떠오른 것이라 여긴다. 어찌되었건 아내가 생각난 노인의 마음은 순식간에 굳어진다.

아내와 같이 앉아 있으면 참 좋겠지만 그럴 수가 없다.

금생의 유연하던 허리는 나무토막보다 단단하게 굳었다. 휠체어도 소용없게 되었다. 이젠 모든 것이 굳어져 입을 벌리기도, 물을 삼키기도 힘겹다.

***

앉을 수도 없다니.

휠체어 산책조차 과거로 사라지던 암담했던 기억은 감각으로만 존재한다. 통증으로 가슴에 남아있는 것이다. 그날의 충격적인 절망은, 그후 찾아온 많은 변화가 안겨준 아픔을 다소 무디게 만들었다.

금생은 시나브로 모습을 잃어갔다.

그리고 노인의 하루는 날마다 짧아졌다. 죽이 미음으로 변하고, 미음조차 삼키기 힘들어졌기 때문이었다. 미음 그릇을 들고 아내 침대 옆에 앉아 있는 시간이 길어질수록 해는 바쁘게 서산으로 넘어갔다. 미음 한 모금이 담긴 숟가락은 하염없이 노인 손에 들려있었다. 번번이 입술조차 벌리지 않았고 겨우 받아먹은 미음도 곧바로 넘기지 못했다. 금생이 미음 한 모금을 먹는 동안 노인은 수십 번 침을 삼켰다. 마치 아기한테 하듯 음식 삼키는 흉내를 냈다. 그러면 금생이 그 모습을 빤히 지켜보다가

기적처럼 미음을 삼키곤 했다. 삼키는 게 힘든지 삼키는 걸 잊어버린 건지 정확히 알 수는 없지만 노인은 그렇게 오랫동안 앉아서 미음을 먹였다. 반 공기라도 먹게 하려면 온갖 용이 쓰이고 괜한 힘이 들어갔다. 그래서 숟가락을 꽉 쥐고 있던 손에서 쥐가 나기도 했다. 끼니때마다 한 시간도 넘게 씨름했으니 아내 몸에 들어간 것은 미음이 아니라 노인의 인내심이었는지도 모르겠다.

일주일에 한 번 목욕봉사자들이 오는 날 외엔 오로지 노인의 손길 속에 있는 금생. 하루에도 몇 번씩 기저귀를 갈아주고, 끼니를 챙기고, 매일 손발과 얼굴을 닦아주고, 틈나는 대로 몸을 만져준다. 욕창도 없도록 깨끗하게 돌보고 있다.

보는 사람들이 놀란다. 지극정성이라고.

지극정성?

그러나 노인 생각은 다르다. '지극한 정성'이 어떤 의미로 쓰이는지 잘 모르지만 함부로 쓸 말은 아니라고 여긴다. 결코 자기 행동에 걸맞은 말은 아니라고.

아내를 돌보는 일은 노인의 일상이다. 아내와 함께 하는 삶일 뿐이다. 어미가 자식을 돌보고 기르듯 당연하고도 자연스러운 일이다. 젖을 주고, 씻기고, 기저귀를 갈아 주는 일이 지극정성일 수는 없다. 부모가 아기에게 필요한 일을 하는 것이 특별하다면, 하지 않는 것이 당당하고 당연하다는 말인가? 그러니 그런 일이 특별한 대우를 받을 이유가 없다. 그것은 삶이며 방편. 누구든 닥치면 해야 되는 일. 그래서 아내를 돌보는 일은 노인에게 닥친 일일 뿐, 지극하게 정성을 다한다는 생각을 한

적은 없었다.

금생은 움직일 수 없게 되었다. 움직일 수 없어 하지 못하는 것을, 움직일 수 있는 사람이 대신 하는 것이 특별한 일일 수는 없다. 걸어 다닐 수 없는 식물을 집안에 들여놓았으면 때맞춰 물을 주어야 하듯이 말이다. 식구로 맞이했다면 당연한 일이 아니겠는가. 그런 일을 하지 않으려면 비를 직접 맞이할 수 있는 하늘 아래 두거나 뿌리가 물을 찾아갈 수 있는 땅에 두어야 하는 것 아니냐고.

물론,

금생을 돌보는 일이나 집안일이 본래 노인이 하던 일은 아니었다.

금생이 본래 움직이지 못하는 사람이 아니었던 것처럼.

감당 못할 상심이 금생의 뇌혈관을 터뜨리고 기억을 갉아먹기 전까지, 대부분의 집안일은 금생의 손에서 해결되었다. 오래 전, 삶을 함께하기 위해 결혼을 했고, 약속처럼 서로의 부족한 부분을 채워주며 살았다. 노인은 그렇게 살고 있다고 생각했다. 금생이 움직일 때까지는. 그게 착각이었다는 걸 금생은 강렬한 방법으로 일깨워주었다. 한순간에 모든 걸 놓아버림으로써.

갑자기 식물처럼 되어버린 금생.

금생을 돌보는 일과 함께 노인 앞으로 온전히 쏟아진 집안일.

떠맡기 전에는 결코 알지 못했다.

차라리 아내를 돌보는 일은 닥치는 대로 할 수 있었다. 어차피 상상도 하지 않았던 일이라 적응이 빨랐다. 완전히 몰랐던 일은 처음부터 배우는 자세가 되었고 마음을 먹고 덤비자 어렵지 않았다. 하지만 집안일은 상상과 달랐고 보던 것과도 달랐다. 아니, 보고만 있었던 일이라 더욱 받아들이기가 쉽지 않았다.

정말 아무것도 아닌 일이었다. 아내 손에서 해결되고 있을 때는.

몇 번의 손길로 밥이 되고 반찬이 나왔다. 힘도 들이지 않고 하는 것처럼 보였다. 빨래는 세탁기에서 돌아갔고 베란다 빨래걸이에서 말랐다. 청소기가 지나간 자리는 순식간에 말끔해지고 탁자 위에 먼지가 앉을 수 있다는 것도 몰랐다. 집안에 먼지가 있다니. 아니, 있다 해도 그게 얼마나 될까, 했다.

며느리가 사람을 불러서 청소라도 맡겨야 되지 않느냐고 할 때도 뜻을 알 수 없었다. 그때는 며느리의 걱정을 이해할 수 없었다. 들여다보기 싫어서 하는 말이라고만 생각했다.

나중에야 알았다. 며느리의 걱정이 완전히 엉터리는 아니었다는 걸. 두 집안일을 하는 건 누구에게나 무리라는 걸. 그래서 미리 자신의 방패막이를 했다는 걸. 그리고 자신뿐만 아니라 시아버지 걱정도 했다는 걸.

하지만 당시엔 갑자기 닥친 일에 몹시 흥분했다. 두렵기도 했다. 어딘가에 기대고 싶었던 지도 모른다. 그 상대가 며느리였던 지도. 그랬는데 가장 먼저 발뺌을 하는 것으로 보였으니 온통 감정이 뒤죽박죽이었을 것이다.

며느리의 염려는 틀리지 않았다.

사실은 가장 냉철하게 현실 파악을 하고 있었다. 하지만 흥분과 두려움에 눈이 먼 노인에겐 모든 말이 도전처럼 들렸다. 운명이 싸움을 걸어

오는 것처럼 느꼈을 수도 있다. 그래서 날아오는 칼을 맞받아치듯 칼을 꺼내들었다. 도움은 필요 없으니 걱정하지 말라고 했다. 알아서 하겠노라고. 며느리는 그 말은 잘 들었다. 집안일 걱정은 정말 하지 않았다. 덕분에 노인의 집안일 자립이 좀 더 빨리 안정된 궤도에 오를 수 있었을지 모른다. 오롯이 혼자 판단하고 해결해야 했으니까.

못할 일은 아니었다. 당연히 해야 되는 일이었지만 하지 않고 살았다. 해보지 않았으니 할 줄 몰랐고 할 줄도 모르면서 가벼이 생각했다는 자각이 좀 아팠을 뿐이다. 자각이 아팠던 이유는, 그동안 아내의 진정한 동반자가 아니었다는 깨달음 때문이었다. 직접 해보니, 당연히 누려왔던 모든 것이 새롭게 다가왔다.

금생이 하였던 일을 이제 노인이 한다.

노인은 집안일 속에서 아내를 만났다.

움직일 수 없는 아내가 생생하게 살아나는 순간이기도 했다.

아침에 일어나면 맨 먼저 거실 문을 열었다. 그러면 베란다에 살고 있는 식물의 호흡이 거실 안으로 밀려들어온다.

아, 냄새 좋다.

금생이 거실 문을 열면서 항상 그렇게 감탄했다. 그리고 이젠 그 감탄을 노인이 대신한다.

잘 잤니?

식물을 향해 그렇게 말하기도 한다. 노인은 그 말을 하는 사람이 아내인지 자신인지 구분을 하지 못할 때가 많다. 아내가 했던 일을 하는 순간 아내가 되어 버리는 모양이다.

식물과 인사를 나눈 다음에는 따뜻한 물에 적신 수건으로 금생의 얼굴과 손발을 닦아준다. 화장실로 가서 그 수건을 헹궈 널고 노인도 재빨리 세수를 한다. 맹물로 몇 번 얼굴을 훔치는 걸로 끝이다. 금생을 꼼꼼하게 닦아주는 것에 비하면 너무 대충이다 싶을 정도다.

다음 행선지는 주방.

쌀은 두 컵 반. 두 사람의 하루 식량이다.

전기밥솥은 정말 편리하다. 냄비에 죽을 끓여본 후로 밥솥의 편리함에 더욱 감탄하게 되었다. 내내 냄비 앞을 지키다 잠깐 돌아서는 사이에 죽은 꼭 끓어 넘쳤다. 일부러 돌아서기를 기다린 것 같았다. 넘친 밥물을 닦아내는 일은 또 얼마나 번거로운가. 그런데 전기밥솥을 잘 사용하게 되고부터 많은 일이 수월해졌다.

밥이 다 되면 반 그릇 정도를 믹서에 담고 따뜻한 물을 한 컵 부어 간다. 그러면 막 끓여낸 것 같은 죽이 된다. 밥을 이용한 믹서 죽은 노인의 창작품이다. 야채를 삶아 갈아주다 발견한 방법이다. 따로 죽을 끓이면 시간도 걸리고 일도 많았다. 때때로 건더기가 걸려 금생이 잘 삼키지 못하기도 했다. 그런데 믹서 죽은 그런 문제들을 한방에 해결해 주었다.

처음 믹서로 죽을 완성했을 때 노인은 알았다.

가전제품이, 주방기구가 왜 그렇게 다양하게 끊임없이 개발되어야 하는지를. 먹고 사는 일의 핵심이 바로 집안일이라는 걸. 그리고 그 일은 많은 시간과 노동을 매일 요구한다는 걸. 그래서 늘 편리를 도모할 수밖에 없다는 걸.

밥솥의 취사 버튼을 누른 다음엔 세탁이다.

빨래는 아침에 돌려놓아야 한다. 그래야 하루분의 햇살을 몽땅 빨래를 말리는 데 이용할 수 있다. 하루의 햇살이라야 두꺼운 면 옷도 충분히 말릴 수 있기 때문이다. 외출하기 전에 아내가 왜 그렇게 빨래에 집착했는지 너무 잘 알게 되었다. 나가기 전에 햇빛에 널어놓고 싶은 것이다. 특히 궂은 날이 계속된 뒤 나타난 태양은, 마치, 빨래를 하시오, 하고 외치는 듯하다. 그래서 노인도 이젠 햇빛만 보면 빨래거리를 찾게 된다. 그 옛날의 아내처럼.

세탁기도 참으로 감탄할 물건이다. 그것도 세탁기가 고장 나고서야 깨달았다. 오래 쓴 것이라 결국 새로 바꿔야 했는데, 새 세탁기가 들어올 때까지 집안은 빨래로 넘쳤다. 손으로 해보기도 했지만 탈수가 더 문제였다. 손으로 짜 넌 두꺼운 옷은 이틀이 지나도 마르지 않았다.

모든 것은 먼지로 이루어졌다는 것도 알았다.

며칠만 지나면 어디든 먼지가 내려앉고 구석진 곳에는 뭉쳐진 먼지가 시위를 하듯 굴러다닌다. 청소기를 돌리고 밀대로 밀고 날마다 돌보아야 겨우 현상 유지다. 집안은 아내와 똑같이 매일 끊임없는 손길을 요구했다. 일상이 되어야 하는 것. 그게 집안일이었다.

여자들이 하는 일이 뭐냐고, 집안일은 가전제품이 다 하지 않느냐고 하는 사람이 있다면, 그 사람 일상은 보지 않아도 알 수 있다. 적어도 삶의 중심인 집안에선 온전히 타인의 희생과 손길에 의존할 것이라는 걸. 그가 밖에서 무슨 일을 하고 있을지라도 그 삶의 반은 누군가의 어깨 위에 얹혀 있다는 걸. 그게 그만 모르는 삶의 실상이기도 하다. 그런 깨달음 없이 외쳐대는 동반자의 길은 몹시 허망한 구호일 뿐이다. 상대에게 전혀 닿지 않는. 노인이 그랬던 것처럼.

그러나 이런 깨달음은 아무것도 아닐지 모른다.
정말 기적 같은 변화는 금생을 돌보는 일에서 왔다.
그것은 아기가 되어버린 금생이 선사한 선물 같은 것이었다.
사랑은 하는 사람의 것이었다. 보살펴주는 사람의 것이었다. 사랑은 노고로 생각하지 않는 노고에서 생겨나는 것이었다. 부모의 사랑도 거기에서 생기는 모양이었다. 키우는 노고에서 사랑이 자라는 모양이었다.
날마다 길어지는 손길을 필요로 했지만 그 시간만큼 마음도 가져갔다.
얼굴과 손가락 발가락 하나하나를 닦아주는 시간,
기저귀를 갈아주고 꼼꼼하게 분을 쳐주던 시간,
팔이 아프도록 죽 그릇을 들고 마주 앉아 있는 시간은,
금생이 노인의 마음을 차지하는 시간이었다.
노인의 시간 대부분을 가져갔지만,
그만큼 노인의 사랑은 커졌다.
어느 때보다 완전한 사랑이었다.
아무것도 바라지 않는 사랑이었다.
물론 노인이 그걸 사랑이라고 말하지 않았다.
하지만 말하지 않아도 알 수 있었다.
금생을 대하는 그 표정과 손길이 대신 말하고 있었다.

그렇게 노인의 사랑은 커져갔지만,

금생은 나날이 모습을 잃어갔다.

사실, 노인도 나날이 모습을 잃어갔다.

혼자 감당하기엔 분명 벅찬 일이었다.

노인의 어깨가 눈에 띄게 구부정해지고 광대뼈가 두드러졌다.

변함없는 마음이나 사랑은,

육체의 변화 속에 숨어있을 뿐이었다.

***

겨울 햇살이 반백의 머리칼 위로 쏟아진다.

제법 따갑다. 시간이 축적한 빛에너지의 효과다. 그러나 노인의 그림자에 잠겨있는 엉덩이 아래 판자는 차가워진다. 겨울 기온이 그늘진 곳의 온기를 재빨리 거두어 가버리기 때문이다. 그래서 오직 햇살이 직접 닿는 곳만 따갑다.

일어나야지!

노인은 생각한다.

생각은 혼자 흘러가고 노인은 일어나지 않는다.

노인의 성긴 머리칼 사이로 보이는 땀방울. 좁쌀 같은 땀이 수없이 맺혀있다. 햇살이 강하지만 찬 겨울바람 속에서 땀이라니. 격렬한 운동을 하고 있는 중이라면 몰라도. 봄이 멀지 않았지만 아직은 응달에 얼음이 남아 있는 겨울이다. 분명 정상적인 몸의 반응은 아니다. 그리고 노인의 감각도 정상은 아니다. 솟아나온 땀방울과 상관없이, 따갑게 내리쬐는 햇볕과 상관없이, 노인은 머리가 차갑다고 느낀다.

집으로 들어가야겠다!

이번엔 생각을 행동으로 옮긴다.

무릎에 손을 짚으며 엉덩이를 든다.

찌잉—

노인의 손이 가슴께로 가 있다. 날카로운 통증이 느껴졌기 때문이다. 저절로 몸이 움찔해지는, 짧지만 강한 통증이다. 주먹이 들어갈 만큼 들렸던 엉덩이가 도로 내려온다. 엉덩이가 다시 판자에 닿는 순간 통증은 사라졌지만 이마에서 땀이 흘렀다.

노인은 가슴에 손을 댄 채 그대로 앉아 있다.

시간이 흐른다.

긴 시간이 흘렀다. 하지만 노인은 아주 잠깐이라고 느낀다. 통증으로 아찔한 순간, 앞이 깜깜해졌고 금세 다시 밝아졌다. 어둠은 눈 깜짝할 사이에 지나갔다. 어둠은 순간이었을지 몰라도 이후 시간은 그렇지 않았다. 상대적 시간 작용이다. 그의 시간이 달라지고 있지만 인식하지 못한다.

해가 기울어 바람이 일었고,

이제 판자는 섬뜩하도록 차갑다.

다시 일어나려는 노인의 시야에 한 소년이 들어왔다.

***

허공을 향한 얼굴.

하늘도 아니고 땅도 아닌, 아무것도 없는 허공을 향해 조금 들려진 얼굴이다. 소년은 무엇을 보고 있는가. 허공을 향한 시선의 끝에는 높은 아파트 건물이 가로막고 있을 뿐이다. 그러나 아파트 건물은 광장에 서 있는 소년으로부터 상당히 떨어져 있다. 물론 소년 뒤에도 옆에도 아파트가 숲을 이루고 있지만 광장은 꽤 넓고 소년은 광장의 중앙에 있다. 그러니 아파트 안에서 어떤 일이 일어나고 있는지 보일 리가 없다. 다시 말해 소년이 아파트 내부를 주시하고 있는 것이 아니란 소리다. 그게 아니라도 무얼 바라보는 표정은 아니다. 소년은 입을 벌리고 울고 있다. 크게 벌어진 입을 보아서는 엉엉, 큰소리로 울고 있음이 분명하지만 소리는 나지 않는다. 보이지 않는 유리벽 저쪽에서 울고 있는 것 같다.

열한두 살쯤으로 보이는 남자 아이.

추측이 맞다면 장난이나 치며 뛰어놀 나이다. 하지만 소년의 태도와 표정이 상식적이지 않다. 이미 소년을 둘러싸고 있는 환경이 예사롭지 않기도 하다.

겨울.

놀이거리가 전혀 없는 광장.

그저 아파트 주민들이 가끔 지나다니는, 꽃도 없는 화단과 앙상한 나무들만 덩그러니 있는 뜰이다. 계절이 좋으면 아이를 데리고 바람이라도 쐬러 나오는 부모가 있겠지만, 아이 혼자 겨울 광장에서 놀지는 않는다. 아파트 뒤쪽 놀이터나 시내를 따라 난 자전거 도로라면 몰라도.

그러니 이 광장엔 지금 노인과 소년뿐이다.

소년은 빈 광장에 홀로 서서 허공을 향해 소리 없는 울음을 던지고 있다. 입이 조금 다물어지다 크게 벌어지고 다시 작아졌다 커진다. 입이 크게 벌어질 때마다 펑펑 울고 있다고 느끼지만 소리는 나지 않는다. 몹시 슬프게 울지만 눈물도 없다. 소리도 눈물도 없이 허공을 향한 채 울고 있는 아이. 입이 크게 벌어지면 울음소리가 커지는 것 같은 착각에 가슴이 쿵쿵 뛰기도 한다.

소년은 계속 운다.

잠깐씩 울음을 멈추고 입을 다물지만 곧 다시 울기 시작한다. 그러는 동안에도 소년의 눈은 한결같이 허공을 향해 있다. 마치 바람 속에서 무엇을 느끼는 듯. 아님 바람 속에 실려 오는 어떤 소리를 듣는 것처럼.

한 여자가 나타난다.

아니, 어디선가 뛰어왔다.

달려온 여자는 우는 소년을 안는다. 소년은 여자 품에서도 흐느낀다. 흐느끼면서 안겨 있다. 여자가 소년의 머리를 쓰다듬고 등을 토닥인다. 들썩이던 소년의 어깨가 조용해진다.

울음이 멎었다.

노인의 입에서 흐느끼듯 한숨이 새어나온다.

노인은 놀란다.

자신이 울고 있었다는 걸 깨닫는다.

소년을 보면서 울고 있었던 것이다.

소년과 같이 울음을 그치는 순간 자신도 울었다는 걸 알았다.

황당하지만 그랬다.

눈물을 닦으며 노인은 일어난다.

어지럽다.

소년은 여자 손에 이끌려 광장을 벗어나고 있다.

노인도 일어나 걸음을 옮긴다.

돌풍 같은 겨울바람이,

노인이 떠난 자리를 빠르게 훑고 지나간다.

3

– 망각? 드디어 욕망에서 벗어나게 된 거지. 두려운 게 아니라고.

할아버지가 그렇게 말했다.
걷고 있던 소년이 우뚝 섰다.
햇살 아래 앉아 있는 할아버지의 의식이,
대기 속으로 퍼지며 소년에게 다가왔던 것이다.

– 기억을 어떻게 가졌다고 할 수 있겠어. 기억은 소유할 수 있는 게 아
니야. 잠이 들어버려도 사라지는 걸. 언제고 어디서나 가지고 있을 수 있
어야 소유지. 그러니까 기억의 소유라는 건 터무니없어. 그걸 알고 나면
망각이 두렵지 않다고. 본래 가진 적이 없거든. 가지고 있다는 착각이나
욕심이었을 뿐이야. 망각에 이른다는 건 드디어 모든 욕망에서 벗어나는
거지. 두려운 게 아니라고.

***

겨울 햇살이 자꾸 말을 걸어와서 밖으로 나왔다.

엄마가 말한 대로 파카를 입고 모자도 쓰고 나오는데 엄마는 말렸다.

왜 늘 말이 달라지는지 모르겠다.

– 밖에 나갈 땐 파카도 입고 모자도 써야지.

분명히 그렇게 말했고 알아들었다. 한 번만 해도 충분한 말을 나갈 때마다 했다. 그리고 엄마 말대로 하고 나왔다. 그런데도 나가는 소년을 말렸다.

– 어딜 가니? 추운데?

– 추우니까 파카도 입고 모자도 썼잖아.

소년의 말이 어머니한테는 들리지 않았다. 소년은 사실 대꾸 없이 나왔다. 하지만 소년은 의식을 일으키는 순간 전해진다고 인식하고 있다. 그래서 서로 소통이 되지 않은 채로 소년은 집을 나섰고, 여자는 하던 설거지를 급히 마무리 하느라 허둥댄다.

잠시는 모르지만 소년을 길게 혼자 둘 수는 없다. 밖엔 어떤 일이 기다리고 있을지 알 수 없었다. 누군가 말다툼을 할 수도 있고, 소년의 귀에 거슬리는 어떤 소리가 날 수도 있고, 그게 아니라도 생길 수 있는 일들은 얼마든지 있었다. 소년의 의식에만 걸려드는 일이.

따스한 햇볕이 아파트 건물을 나서는 소년 머리 위로 쏟아진다.

안녕!

햇살이 인사를 한다.

– 안녕!

소년은 눈을 가늘게 뜨고 하늘을 바라보며 '안녕'이라고 했다. 옆에 누군가 있다면 분명히 들릴 소리다. 어머니한테는 아꼈던 목소리로 대답을 하며 아파트 단지 가운데 있는 뜰로 향한다. 중앙 뜰은 꽤 넓어 주민들은 광장이라 부른다.

광장엔 햇살이 마구 떨어지며 소나기 인사를 퍼붓고 있다.

그리고 들었다.

할아버지의 말이 분명하게 들렸다. 햇살의 소나기를 뚫고 선명하게 날아왔다. 햇살의 인사와 뚜렷하게 구분되는 할아버지의 의식. '순수한 의식' 그 자체였다. 소년의 의식엔 진실하지 않은 의식은 인식되지 않았다. 거짓과 뒤섞인 채 쏟아져 들어오는 것은 밀가루와 물이 섞인 반죽이었다. 소년에게 반죽은 물도 밀가루도 아니었다. 그 속에서 결코 물도 밀가루도 구별해내지 못했다.

할아버지의 의식은 마음과 영혼이 일치하는 것이었다. 일부러 만들어낸 것도, 마음에 없는 것도 아닌, 의식 그 자체였다. 소년은 순수한 의식을 의식할 수 있었다. 언제부터인지는 모른다. 의식을 할 수 있을 때부터 그랬으니까. 자신이 다른 사람과 다르다는 인식은 있지만 어떻게, 왜, 다른지는 소년도 모른다. 그래서 가끔은 죽을 것 같이 답답하다. 창도 없는 작은 방에 홀로 갇혀 있는 것 같기 때문이다. 아무리 애를 써도 그대로 전해지지 않을 때가 바로 그럴 때이다.

사람들이 하는 말을 알아들을 수가 없었다. 그들은 마음과 일치하지 않는 소리를 냈다. 너무 많은 것들이 뒤섞여 구분할 수가 없는데 그걸 '말'이라고 했다. 알 수 없는 말이 주변을 떠돌았다. 그리고 그들도 소년의 말을 듣지 못했다. 진짜 의식을 알아차리지 못했다. 소년에게 들리고, 보이고, 인식되는 수많은 의식에는 오히려 무감각했다.

이제 소년은,

다른 사람과 자신의 감각 기능이 좀 다르다는 인식 정도는 하고 있다. 그래서 자기를 가리켜 '레이더'라 부르고 있다는 것도. 그 별칭이 소년의 남다른 감각을 가리키는 말이라는 것도.

피아노를 만나기 전에는 정말 답답해서 죽을 것 같았다. 소년이 느끼는 걸 알아채는 사람이 없고 소년이 전하는 말을 알아듣는 사람도 없었다. 그래서 소년은 울기만 했다. 우는 것 외엔 방법이 없었다. 그러던 어느 날 피아노를 만났다. 처음 가지게 된 피아노는 음이 몇 개 되지도 않는 장난감 피아노였다.

포장된 상자 표면에 있던 사진의 건반을 눌렀다지만 기억나지 않는다. 상자를 열어줄 때까지 놓지 않았다는데 그것도 생각나지 않는다. 상자가 열리고 피아노가 눈앞에 드러났던 순간부터 기억이 난다. 건반이 손가락에 눌리면서 울려 퍼지던 소리. 그 소리에 눈앞이 훤해졌다. 마음이 울렁거렸다. 울고 싶지 않은 데도 울렁거렸다. 그리고 소년의 세상이 달라졌다.

피아노 소리엔 반응하는 사람이 있었다. 이야기를 알아듣기도 했다. 사람들은 보이는 사물이 없고 들리는 소리가 없으면 의식의 문도 열리지 않는 모양이었다. 아니, 사람들은 보지 못하고 듣지 못하는 소리가 참 많은 것 같았다. 소년이 보고 듣는 것과 분명히 달랐다. 그런데 피아노 소리는 누구든지 들을 수 있었다. 드디어 소년이 갇혀 있던 방에 작은 창문이 하나 생긴 것이다.

아무리 외쳐도 알아듣는 사람이 없으면 피아노를 쳤다. 피아노로 이야기했다. 피아노 이야기는 사방으로 퍼져나가 의식을 깨우고, 웃기고, 울렸다. 그렇게 애써도 전해지지 않던 마음이 피아노 소리에 실려 나가 의식의 문을 열어젖혔다. 그럴 때면 가슴에 시원한 바람이 불어 들어왔다.

그렇다고 해도 여전히 답답할 때가 많다. 피아노 소리도 어떻게 하지 못하는 감각이 더 많이 존재했으니까. 정말 꽉 막힌 감각이 있었다. 그들은 아무리 두드려도 소리가 나지 않는 북이었다.

소년이 우는 이유를 사람들은 알아채지 못했다.

오직 소년한테만 의식되는 무엇이기 때문이었다. 그 '무엇'은 소년을 향해 쏘아진 화살 같았다. 화살은 어떤 예고도 없이, 소리도 없이 날아와 의식에 꽂히는 것이다. 그리고 화살이 사라질 때까지 소년은 홀로 남겨졌다.

화살은 언제나 갑자기 생겨났다.

평화롭던 대기에 날이 서는 것처럼,

주변의 공기가 단단하게 뭉쳐진다 싶은 찰나,

밝게 빛나는 화살이 되어 달려왔다.

피할 시간은 없었다. 방법도 알지 못했다. 빛 화살은 언제나 백발백중.

예측되는 결과에 무방비로 노출되어 있는 공포의 순간. 마침내 날카로운 화살이 가슴을 뚫고 소년은 충격과 아픔에 울음을 터뜨린다. 그렇게 가슴에 박힌 화살은 무섭거나 아픈 이야기를 남기고 물러났다. 아니, 사라졌다. 대기에서 생긴 화살은 대기에 흡수된 것처럼 사라진다.

화살이 사라지기 전까지 혼자인 시간.

혼자 울었던 시간.

벗어나고 싶어 발버둥 치던 시간.

그 시간의 두려움을 알릴 방법이 소년에겐 없었다.

아무리 소리를 질러도 사람한테 닿지 않았던 것이다.

그리고 수없이 울었던 시간이 소년에게 어떤 깨달음을 주었다.

사람의 귀에는 목소리만 들린다는 걸 알아챈 것이다. 공기를 힘차게 들이마시고 다시 내보내며 목구멍에 힘을 주었을 때 나는 소리. 그 소리만 들을 수 있다는 걸. 그렇지만 그 방법은 참 불편하고 힘이 들었다. 소리를 내어야 할 때마다 공기를 들이마시고 내뱉어야 했다. 소년은 목소리만 듣는 게 아니지만 사람들은 소년과 달랐다. 가끔 그걸 깜박 잊어버리고 소리로 대답을 하지 않으면 바로 이상한 눈길이 소년을 향한다. 소리 내어 대답할 때까지 안심을 하지 못한다. 특히 엄마는 목소리 대답을 들어야 비로소 평온해진다.

하지만 소년이 우는 소리는 여전히 아무도 들을 수 없다.

그의 울음이 사람한테 닿지 않는다는 깨달음도 소용없기 때문이다. 의식의 화살이 꽂히는 순간엔 아무런 생각도 할 수 없다. 소리를 내고자 하는 시도조차 하지 못한다. 아니, 시간이 어떻게 흘러가는지도 모른다. 소년에게 그 시간은 대기 속에 흡수되는 시간이다. 그래서 소년은 통곡을 하지만 사람들은 조용한 울음을 볼 수 있을 뿐이다.

그래도 다행인 것은,

소년이 늘 아픈 화살만 맞는 것은 아니었다.

솜사탕 같은 달콤한 기운에 감싸이는 경우도 있었다.

달콤한 기운도 화살처럼 문득 생겨났다. 왠지 모를 포근함을 느끼는 순간 자신이 구름을 탄 듯 부드러운 것에 둘러싸인 걸 알게 된다. 분명히 바닥에 발이 닿아있지만 무게가 느껴지지 않았다. 몸이 있다는 느낌이 사라진 것이다. 하늘에 떠 있는 듯, 물 위를 흘러가는 듯했다. 평화로움으로 가득 차서 다른 것이 존재할 수 없는 세상이었다. 평온이란 말조차 버리고 싶은 평온에 감싸여 아무것도 할 필요가 없었다. 하고 싶지도 않았다. 그냥 둥실둥실 떠 있기만 하면 되었다. 그런 때 엄마가 소년을 보면 이렇게 말했다.

— 우리 아기 기분이 좋구나.

그렇지만 엄마가 아닌 다른 사람은 이렇게 말했다.

— 얘는 뭘 보고 있는 거니.

— 뭘 보고 좋아하는 거야.

어찌하였든 사람들은 소년을 감싼 포근한 기운을 보지 못하는 게 틀림없었다. 그 편안하고, 예쁘고, 기분 좋은 솜사탕이 전혀 보이지 않는 모양이었다. 안타깝지만 사실이었다.

절망적으로 울었다.

울고 또 울었다.

의식이 사방으로 퍼져나갔지만 아무도 듣지 못했다.

창문도 떨리고 장난감도 슬퍼했지만 엄마와 아빠는 오지 않았다. 눈앞에서 끊임없이 엄마다, 아빠다, 라고 하던 사람이 부를 때는 오지 않았다. 아무리 울어도 오지 않았다.

사람들이 그랬다.

– 소리를 내야 알지.

하지만 그게 무슨 뜻인지 알 수 없었다.

천둥 같이 울리는 소리를 듣지 못했다니.

얼마나 크게 울었는지 모른다. 주변의 공기가 소용돌이치고 창가의 식물도 움찔했다. 호흡이 거칠어져 숨을 헐떡거리며 내지른 소리였다. 겁에 질려 저절로 터져 나온 울음을 멈출 수 없었다. 누군가 옆에 와서 떨리는 몸을 좀 안아주면 좋겠다고 간절히 원했다. 그렇게 절박한 외침이 들리지 않는다 했다. 듣지 못한다고 했다.

진짜 소리를 듣지 못하는 의식이라니.

의식하지 못하는 의식이라니.

그런 의식의 숲에서,

피아노는 소년의 훌륭한 친구가 되어 주었다. 피아노 소리는 언제나 사람의 귀에 닿을 수 있다는 걸 알았기 때문이다. 적어도 사람이 들을 수 있는 소리였다. 그리고 엄마는 이제 피아노가 전하는 소년의 이야기를 아주 잘 알아듣는다. 어른 중에는 엄마처럼 소년의 이야기를 잘 알아듣는 사람은 아직 없다.

왜 어른들이 더 답답할까.

학교 친구들은 제법 잘 통하는데 말이다.

얼마 전에도 학교 운동장에서 친구와는 통했다. 마음을 알아듣고 어깨를 두드리고 안아주었다. 그때 운동장을 돌고 있던 어른들은 멍한 표정으로 지나갔다. 도무지 아무 의식도 와 닿지 않았다. 마치 어른들과 친구들 사이에 유리벽이라도 있는 것 같았다.

밤새 새들이 얼어 죽었다.

작은 새들이 나뭇가지에 옹기종기 붙어 자다 그대로 땅으로 떨어졌다. 새는 혹독한 밤을 견뎠지만 해 뜨는 아침을 기다리지 못했다. 지난밤엔 기온이 갑자기 뚝 떨어지고 바람이 많이 불었다.

운동장으로 들어서는데 눈물이 났다.

새의 흩어지는 의식에 닿았던 것이다. 그 자리에 서서 울었다. 등교하는 친구들이 다가와 같이 슬퍼했다. 소년을 안아주고 곁에 있어 주었다. 친구가 있어서 덜 떨렸다. 혼자 통 속에 갇혀 있는 것 같지도 않았다. 슬픔은 곧 사라졌다. 그랬을 뿐이다.

***

할아버지의 선명한 의식은 분명한 뜻을 담고 있었다.

마음과 영혼이 일치하는 의식.

– 나는 돌아갈 것이다.

소년이 알아듣고 울었다.

보이지 않는 눈물은,

소리 없는 울음은,

노인의 영혼을 위로하는, 징표, 같은 것이었다.

어떻게 보면 애도의 표현이라고도 할 수 있었다.

소년에겐,

우는 것만이 유일한 방법이었으니까.

그래서 울었다.

그 울림이 할아버지 의식에 닿을 수 있도록.

소년은 어머니가 뛰어나와 안을 때까지 울었다.

그리고 할아버지가 집으로 향하는 걸 분명히 보았다.

자리에서 일어나는 걸 보지 못했지만,

그 쪽으로 눈을 돌리지 않았지만,

볼 수 있었다.

의식은 도처에 있고,

모든 의식은 모두와 연결되어 있기 때문이었다.

4

현세다!

금생의 귀가 현관으로 달려간다.

바람을 쐬러 나갔던 현세의 귀가.

현세보다 바람이 먼저 들어온다.

잠깐만 나갔다 온다고 했다. 하지만 잠깐이 아니었다.

그리고,

금생은 알았다.

현세가 오늘 죽을 것이라는 걸.

바람도 알고 금생도 알지만 현세는 모르고 있다. 정말 모르고 있다. 아니, 알아챌 여유가 없다는 편이 맞겠다. 그에겐 너무 갑작스러울 수밖에 없다. 이승과 저승길이 얼굴만 돌려도 달라지는 길이긴 하다. 그렇지만 이승에 발을 딛고 있는 자에게 저승은 언제나 너무 멀다. 그래서 코앞에 닥쳐와도 보지 못한다. 어찌하였든 죽기 전까진 살아있고 의식도 아직 이승에 묶여 있는 것이다.

현세의 의식은 아직 자신 속에 갇혀있다.

의식이 자신의 것이라 믿고 있다. 소유하고 있다고 생각한다. 하지만 그건 착각이다. 의식은 도처에 있다. 그냥 있다. 어느 곳에나 있다고 할 수도 있다. 그건 누구의 소유도 아니다. 의식은 소유되는 것이 아니다. 다만, 기억 때문에 착각하고 있는 것이다. 현세는 착각하고 있다. 감각의 기억을 자신이라고 착각하고 있다. 눈으로 보았던 기억, 귀로 들었던 기억, 피부가 감지했던 기억의 축적을 자신이라고 오해하는 것이다. 많은 것을 보았지만 눈은 아무것도 담아 두지 않았고 많은 것을 들었지만 귀는 아무것도 쌓아두지 않았으며 수없이 스치고 감각했지만 피부는 아무 흔적도 남겨두지 않았다. 삶의 기억은, 그의 감각기관에 걸려든 의식에 대한 기억일 뿐이다.

현세를 에워싸고 있는 모든 기운이 한 소리를 내고 있다.

그리고 벌써 조짐이 있었다.

그렇지만 인식하지 못한다.

의식이 도처에 존재함을 알아차리는 순간이 코앞에 다가왔지만,

아직은 보이지 않는다.

누가 봐도 노인인 현세.

노인이 감당하기엔 힘겨운 일이었다. 기꺼이 했던 일이라 마음이 몸을 속인 것이다. 현세의 몸이 쇠락해가는 조짐은 충분했다. 금생은 알 수

있었다. 누워있다 해서 마음까지 누워버린 건 아니다. 움직일 수 없다고 모든 감각이 굳은 건 아니다. 미음 그릇을 들고 있는 손의 떨림이 공기를 흔들고 금생의 마음을 흔들었다. 그 떨림은 기운이 고갈되어 가는 징조였다.

부부로 만나,

자식을 낳아 키우고,

또 자식을 먼저 보낸 어버이로 함께 했던,

그리고 지금까지 금생의 손발이 되어준 현세.

그가 힘겹게 안방을 향해, 금생 곁으로 오고 있다.

몸을 가진 자의 마지막 발걸음이며,

그의 인생에서 가장 길고 가장 절박한 행군이 될 걸음이다.

오랫동안 부부와 함께였던 집.

여느 때와 다른 현세의 상태를 그 집은 알아차리고 있다. 바닥과 천장과 벽과 문이 한마음이 되어 현세의 마지막 발걸음을 응원한다. 그래서 안방 문은 현세의 발걸음보다 더 빨리 물러난다. 누군가 보았다면, 문은 열렸다기보다 현세의 몸에 밀렸다고 주장할 것이 분명하지만.

어찌하였건,

문이 움찔하며 활짝 열린다.

금생의 시야에 현세가 들어온다.

이미 얼굴빛이 달라진 현세.

당황한 영혼이 보인다.

정신이 온통 뒤죽박죽이다.

괜찮아요!

금생이 소리치지만 들리지 않는다. 금생의 목소리도 이승 사람의 감각
엔 닿지 않는다. 벌써 오래 전에 그렇게 되었지만 잠시 그걸 잊었다. 금
생의 영혼도 현세의 영혼만큼 요동치고 있다

현세의 심장은 더 이상 뛰지 않는다.

그가 가슴을 움켜쥔 채 침대로 다가온다. 어떻게 하든지 금생이 누워
있는 침대로 오려고 안간힘을 쓴다. 하지만 몸을 움직이던 의지는 이미
생명의 섭리를 벗어났다. 마지막 남은 정기가 몸을 어떻게든 이끌어줄
수 있을지 모르겠다.

마침내 도착이다.

현세의 몸이 침대로 쓰러진다.

정기도 끝이 났다.

침대 위 현세는 더 이상 움직이지 않는다.

금생은 눈을 깜박여 현세를 맞이한다.

금생의 눈빛만 살아있는 방.

***

『무겁게 내려앉은 하늘.

거센 폭풍우의 기운을 잔뜩 품은 구름.

어둑한 하늘 가득히 날고 있는 까마귀 떼.

위태하게 흔들리는 까마귀의 날갯짓 아래로,
누런 밀밭이 거칠게 일렁거리다.』

심장의 존재를 뭉클하게 느꼈다.
튀어나오고 싶은 심장 대신 눈물이 솟았다.
울었다.
혼자였다면 꺼이꺼이 소리 내어 울었을 것이다.
심장이 너무 뛰어 몸이 흔들렸다.
심장의 박동에,
몸이 흔들린 것인가. 마음이 흔들린 것인가.
심장은 몸인가, 마음인가.
무엇을 감지한 것일까.
몸도 마음도 함께 떨려 서 있기조차 힘들었다.
달리고 있을 때 심장은, 분명 육체의 한 부분이었다. 세찬 심장 박동
을 느끼며 달리지만, 마음이 박동을 따라 흔들리진 않았다. 그래서 감동
의 눈물도 없었다. 거칠게 뛰는 심장이 눈물을 부르지도 않았고 울면서
달리지도 않았다.
그런데,
심장 박동과 함께 요동치는 이 마음은 무엇인가.
요동치는 마음을 따라 터지는 눈물은 어디에서 왔는가.

그림 앞에서는 숨도 제대로 쉬어지지 않았다.

그렇게 보고 싶었던 그림이었지만 보고 있을 수도 없었다.

색채는 색이 아니라 빛의 물결이었다. 빛의 물결이 온몸으로 쏟아져 들어오는 것 같았다. 감당하기 힘든 감각의 홍수에 휩쓸려 허우적댔다. 심장의 박동이 몸을 흔들었다. 심장은 더 이상 몸의 일부가 아니라 따로 존재하는 것 같았다. 박동이 거세어질수록 숨이 점점 가빠졌다. 두려운 생각이 들었다. 죽을지도 모르겠다는 공포가 스쳤다.

헉헉거리다 겨우 발을 떼고 그림 앞에서 물러났다.

화랑 중앙에 놓여있는 의자에 한참동안 앉아 있었다.

어느 순간 심장 박동이 느껴지지 않았다.

심장은 다시 몸의 일부로 돌아간 모양이었다.

다시 일어나 그림 앞으로 갔다.

그제야 그림이 제대로 눈에 들어왔다. 심장 박동이 또 빨라졌지만 조금 전과 같지는 않았다. 다행이란 마음보다 섭섭함이 더했다. 그 무서운 강렬함이, 제어할 수 없었던 전율은 다시 오지 않았다. 그리고 그림과 일체감도 사라지고 없었다. 분명 전율의 원인은 그림에 있었다. 그렇다면 전율은 화가의 심정이었던가. 화가의 혼신이 담긴 그림이 고스란히 들어왔던 것일까.

고흐 박물관에서 겪은 일은 그 후로 다시 일어나지 않았다.

〈까마귀가 나는 밀밭〉이란 그림 앞에서였다.

비슷한 경험은 있었지만 결코 같진 않았다.

어쩌면 '비교'라는 말을 쓸 수 없을 정도로,

특별한 경험이었던 지도 모른다.

지금 금생은 움직일 수가 없다.

고흐 그림 앞에서처럼 움직일 수가 없다.

사람들이 볼 땐 그냥 병든 노파.

그런데 그때의 황홀함을 갖게 되었다.

그림과 하나가 되는.

모든 물상과 하나임을 느끼는 황홀한 일체감을.

혼자서는 일어나 앉지도, 걷지도, 목을 돌리지도 못하지만,

황홀함과 평정심을 함께 얻게 되었다.

금생은 더 이상 행복을 생각하지 않는다. 그런 욕망이 사라졌다. 욕망이 없으니 갈등도 없다. 얽히고설키는 것이 불가능하다는 걸 깨달았다. 세상에 진짜 존재하는 물체는 없었다. 있다는 의식의 착각이 있었을 뿐이었다. 존재하는 물체가 없으니 얽힐 수도 없고 풀어야 할 것도 당연히 없다.

이처럼 분명하고 당연한 것이,

활발하게 몸을 움직일 당시엔 그렇지 않았다. 눈앞에 보이는 세상은 너무도 단단하고 확실했다. 의심할 수조차 없었다. 의문이 없으니 반성이 가져올 지혜의 그림자도 보이지 않던 시절이었다. 그래서 보이는 대로 원하고, 추구하고, 갈등하고, 실망했다. 잡히지 않는 게 아니라 잡을

수 없다는 걸 몰랐다. 그런 세월을 금생도 보냈다.

그 시절의 금생이 지금의 모습을 볼 수 있었다면 어땠을까. 어떤 생각을 할 수 있었을까. 어떻게 받아들이고 어떻게 살아갔을까. 하지만 현재의 금생도 그 시절의 심정을 상상하기 어렵다. 상상하는 세월에서 지혜를 찾는 것이 가능할까. 다가올 시간에 무지하듯 지나간 시간에도 무지하긴 마찬가지인 모양이다.

시나브로 흩어지는 정기.

이제 금생은 흩어지고 있다.

그래서 금생의 눈엔 모든 물체가 단단한 실재로 인식되지 않는다. 수없이 봤던 영화나 수없이 꾸었던 꿈과 다르지 않다. 그건 끊임없이 움직이는 빛의 변화일 뿐이다. 변화무쌍한 세계가 때로는 황홀하게, 또 몽롱하게 펼쳐지지만 무심하게 보고 있다. 그렇다고 감각이 무미건조하다는 뜻은 아니다. 한마디로 설명하기 힘든 느낌이지만 굳이 표현한다면, 평정.

평정, 에 이르러서야 깨닫게 되었지만 행복, 이라는 것은 마음이 만들어낸 환영에 불과했다. 기쁘고 만족한 상태라든지, 복된 운수라는 것이 어디서 오는 것이란 말인가. 누가 준다는 것인가. 그런 상태가 온다 해도 알아챌 수나 있는가. 가져본 적은 있었던가. 기다리면 오는 것인가. 그러한 걸 기다렸다면 결국 남의 손에 운명을 맡겼던 셈이다. 잡을 수도 없는 것에 평생을 바치고 또 욕망했으니 잠시도 평안할 수가 없었다.

무엇이 되려는 욕망이었을까.

사람으로 태어나 다른 무엇이 되려고 그랬던 것일까.

밥을 먹으면서도 욕망하고, 잠을 자면서도 욕망하고, 아이의 재롱을 보면서도 욕망하고, 아무 불편도 불평도 없는 순간에도 욕망했다. 급기야 욕망이 곧 삶이 되었다. 앉아 있을 땐 서야 하지 않을까. 누워있을 땐 일어나야 하지 않을까. 잠이 드는 순간에도 깨어나서 해야 할 일을 욕망하느라 몸과 마음을 분리했다. 한 순간도 몸이 있는 곳에 마음을 함께 두지 못하고 분주하게 욕망했다. 욕망 속에 살았다. 심지어 맛있는 음식을 먹으면서도 맛에 집중하지 못했다. 그 음식이 줄어드는 것이 안타까워 미리 불행까지 불러들였으니까. 더 이상 음식이 없는 상태의 불행을.

욕망은 거기에서 끝나지 않았다. 지금의 내가 아닌 다른 무엇이 되리라는 막연한 욕망. 내일은 다른 내가 찾아오지 않을까. 다른 모습이 되어 있지 않을까. 날마다 같은 일을 하면서, 같은 길을 가면서, 다른 곳에서 다른 일을 하고 있는 나를 욕망한다는 게 도대체 있을 수 있는 일인가. 있을 수 없는 일을 욕망하느라 마음은 한시도 고요히 머무르지 않았다. 꼬리를 흔들며 달아나는 마음에 이끌려 분주했다.

평안은 없었다.

지금의 평안이 그때는 없었다.

없었던 것이 아니라 깨닫지 못했던 것이다.

**

냇물을 따라 불어온 바람이 높은 아파트에 가로막힌다.

하지만 바람 길은 어디로든 통한다.

아파트 벽면을 훑으며 지나가는 바람.

마침내 빌딩 사이 길을 찾은 바람이 속도를 높인다.

건물 벽을 따라 줄지어 서 있는 느릅나무 잔가지들이 춤을 춘다.

빌딩 틈에서 햇빛을 찾느라 키를 훌쩍 키웠다.

까마득한 느릅나무 가지에 지어진 까치집이 크게 흔들리고,

가지에 앉았던 까치가 바람을 타고 날아오른다.

금생과 현세가 누워있는 침실 창밖으로,

바람을 품은 까치가 미끄러지듯 지나간다.

5

– 한여름 갈대밭 생각나요?

– 그날을 어떻게 잊는가?

– 꽃이 피기 전이라 온통 푸른 벌판이었잖아요.

– 참 특별했지. 그래도 추석을 며칠 앞둔 날이었으니 한여름은 아니지?

– 더위가 한풀 꺾이긴 했어요.

– 갈대밭 지나서 갯벌이 내려다보이는 전망대로 올라가면서 당신이
  그랬어. 솔잎이 싱싱해서 꺾어다 깔고 송편 찌면 좋겠다고. 추석이
  코앞이었거든.

– 그랬던가?

– 그래서 내가 그랬지. 아직도 솔잎 깔고 송편 찌는 집이 있냐고.

– 아하하! 그건 내가 할 소리였는데. 솔잎 송편은 시집와서 처음 해본
  걸. 시어머니 돌아가시기 전까지 추석마다 솔잎 송편이었다고요!

금생이 웃었다.

공기가 쩌렁 울리도록 웃었지만 사실은 입술이 조금 달싹여졌을 뿐이다.

아무것도 먹지 못한 채 하루가 흘렀다.

끼를 챙기던 현세가 먼저 숨을 거두어버렸다. 금생도 곧 현세와 같은 상태가 되겠지만 아직은 아니다. 아직은 이승의 방안이 눈에 보이고 이승의 소리가 귀에 들린다.

현세는 금생 쪽을 보며 옆으로 누운 자세다. 눈을 크게 뜬 채로 굳어버리지 않아 다행이다. 현세의 눈꺼풀은 실눈을 뜬 것처럼 덮여있다. 눈을 뜨고 있으면 발견하는 사람이 놀랄 것이다. 죽은 사람의 눈은 세상을 외면하듯 감겨 있는 게 좋다.

- 어, 그랬나?
- 하긴 송편을 찌거나 말거나 당신 일이 아니었으니까요. 생각해보니 서러운 세월이었어. 시댁 문안에 들어서는 순간 당신 코빼기도 못 보고 부엌에서 살았으니까.
- 할 말이 없네.
- 첨엔 번거롭기만 했는데 나중엔 솔잎만 보면 나도 모르게 그랬어요. 꺾어다 깔고 송편 찌면 맛있겠다고.
- 길들여진다는 게 그런 거지. 솔 향이 좋기도 하고.
- 솔잎이 얼마나 길고 싱싱한지.
- 난 산길 오르느라 숨이 턱에 차서 소나무가 보이지도 않았네.
- 길이 좀 가파르긴 했어요.

– 전망대도 당신이 우겨서 따라 올라갔지.

– 그래도 전망대에 올라선 볼만하다고 좋아했잖아요.

– 좋긴 좋았지. 내려다보이는 벌이 그림 같았어.

– 맞아요. 그림 같았어요.

– 그래도 내려오다 다시 만난 갈대밭만 못했어. 해가 기우니까 풀빛이 더 선명했어. 빛이 나는 것 같았지. 그런 빛깔은 처음 봤으니까.

– 엉뚱한 소리한다고 핀잔주고 화까지 냈으면서? 여름에 무슨 갈대밭이냐고.

– 하하하! 맞아. 당신 아니었으면 그런 장관을 못 볼 뻔했지.

현세의 웃음이 공기를 흔든다.

죽은 사람이 웃다니? 할지도 모르겠다. 하지만 웃었다. 현세의 굳은 얼굴에 퍼지는 미묘한 움직임을 금생은 알아본다. 죽은 자의 표정에도 변화가 있다. 변화가 없는 것이 아니라 보지 못하는 것뿐이다. 금생의 감각에는 분명히 와 닿는다. 생명이 빠져나간 현세는 시시각각 변하고 있다.

***

금생과 현세는 푸르른 갈대밭 한가운데 있다.

바람 따라 흐르는 초록의 바다.

햇살을 휘젓는 갈대들의 군무(群舞).

초록에 부딪친 햇살이 들판 가득 반짝이며 흩어지고,
갈댓잎에 스치는 바람이 노래가 되는 곳.

– 이런 날이 오는구나!

어떻게 그런 날이 왔을까 싶은 날이었다.
몇 년 만의 나들이였던가.
같이 걸었던 마지막 여행.
　미나도 잊고, 시간도 잊고, 나이도 잊고, 푸르름에 잠겨 있었다. 갈대의 수런거림 속에 두 사람은 빠져있었다. 온전히 마음과 몸이 하나 되어 존재했던 시간. 미나가 떠난 후, 처음으로 미나를 잊은 날이기도 했다. 아니, 잊은 것이 아니라 그 순간에 온전히 존재했던 날이었다. 미나는 미나의 세계에서, 그들은 그들의 세계에서 존재하고 의식했다.

　금생이 갑자기 순천만을 가자고 했을 땐 미친 것이 아닌가 생각했다. 여름에 갈대밭에 가자고 해서가 아니라 여행 자체에 대한 반항 같은 것이었다. 자식을 앞세운 부모가 여행이라니, 그런 생각이었던 지도 모르겠다. 행복하면 안 된다고 스스로를 고문하고 있었는지도 모르겠다. 아니면 오랫동안 해보지 않아서 생각까지 굳어버린 지도.
　현세는 듣자마자 화를 벌컥 냈다. 화를 내는 순간 그 감정이 몹시 낯설다는 걸 알았다. 감정을 드러내지 않고 얼마나 살아왔는가. 웃음도 잊었지만 흥분도 성냄도 잊어버린 모양이었다. 그런데 낯선 감정 앞에서 이상하게 설레었다. 나쁘지가 않았다. 살아있다는 느낌이라고 할까. 생소한 감정에 당황해서 금생을 보았다. 마주친 금생의 눈빛. 아무런 감정이 없었다. 화를 내고 있는 사람을 대하는 눈빛이 그럴 수는 없었다. 상황에 어울리지 않는 눈빛이었다.

같이 화라도 냈다면 어떻게 했을까. 그래도 여행을 떠나게 되었을까. 모르겠다. 그건 정말 모르겠다. 금생의 감정 없는 눈빛을 보고 있던 현세의 입에서 나온 말은 현세의 귀에도 벼락처럼 들렸다.

지금 당장 가지!

그렇게 집을 나섰다.

준비하고 집을 떠나는 데 한 시간도 걸리지 않았다.

순천만 갈대.

끝이 보이지 않는 갈대숲이 일렁이면, 내리쬐는 햇빛보다 초록이 더 눈부셨다. 갈대, 하면 갈대꽃을 생각하고 가을을 떠올리지만 그건 여름 갈대밭을 보지 않아서이다. 한여름 식물의 강렬한 의식을 느껴보지 못해서이다. 그 강렬함과 하나 되는 파도로 출렁거려보지 못해서이다. 존재 자체로 벅차서 다른 어떤 것으로부터도 방해받을 수 없다는 걸 몰라서이다.

식물이 그들보다 더 빨리 움직인다는 걸 알았다.

눈으로 볼 수 있는 움직임은 우주에서 가장 느린 움직임이라는 것도 알았다.

존재의 본질은 의식이라는 것도 알았다.

의식은 무한의 속도로 움직이는 것이다.

그래서 움직임을 볼 수 없는 것이다.

식물은 늘 본질로 존재한다.

본질 속에 깃들어 있을 때는 의식과 같은 속도로 움직인다.

의식은 하나이고 언제나 어디서나 무엇으로든 존재했다.

의식하는 순간, 그곳에 존재하는 것이다.

그래서 지구 반대편에 있는 식물과 동시에 의식하고 존재할 수 있다.

물론 우주만물이 모두 그럴 수 있다.

사람도 마찬가지다.

몸이 마음과 일치하는 순간이 바로 그런 때라는 것을 알았다.

금생과 현세는 그날,

갈대밭에서,

일치의 상태에 있었다.

***

나들이가 끝나고 현관으로 들어설 때 베란다의 식물은 알았다.

금생이 곧 식물과 같은 방식으로 의식하고 존재하게 될 것이라는 걸. 그리고 그런 상태가 인간 세계에선 몹시 낯설다는 것도. 받아들이기 힘들어 한다는 것도.

하지만 금생과 현세는 몰랐다.

코앞에 닥쳐올 일도 모르게 되어 버린 인간의 세상.

갈대밭에서라면 깨달았을지도 모르겠다.

보였을지도 모르겠다.

그들은 집으로 돌아왔다.
돌아오는 순간 일치감은 사라졌다.
오랫동안 존재했던 방식이,
한순간의 깨달음으로 달라지긴 어려운 모양이다.
그러나 일치감의 기억이 마냥 헛되지는 않을 것이다.
단 한 번의 감각이,
단 한 걸음의 방향 전환이,
궁극적으로 다른 길에 닿게 되는,
첫걸음이 되는 법이니까.

6

피아노 칠거니?

여자가 묻는다.

소년이 고개를 끄덕인다.

소년을 뒤흔들던 격렬한 감정이 물러났다.

피아노 앞에 앉는 걸 보고 여자는 알았다.

***

소년은 지나치게 예민한 감각을 타고 났다.

들리는 것, 보이는 것에 예민한 게 문제가 되느냐고?

무엇이든 지나친 건 불편하다. 불편한 정도가 아니라 생활이 불안하다. 소년의 예민함은 일상생활조차 몹시 힘들게 만들 정도로 문제가 있다. 그래도 들리고 보이는 문제는 차라리 가볍다. 소리는 귀를 막고 그 자리를 뜨는 것으로, 보이는 것은 눈을 가리는 방법으로 어느 정도 피해갈 수 있다. 정말 문제는, 보이지도 들리지도 않는 무엇에 반응할 때이다.

겨우 걷기 시작할 무렵부터 드러난 남다른 모습.

누군가 울 때 따라 우는 건 대수롭지 않게 여겼다. 그건 많은 아이들의 특성이기도 했으니까. 그런데 소년은 유별났다. 여자의 한숨 소리에도 울었고 뉴스를 듣다가도 울었다. 아니, 돌쟁이가 뉴스를 듣고 있었다는 건 아니다. 텔레비전에서 뉴스가 흘러나오고 있었고, 뉴스엔 사망, 사고 소식이 늘 끼어있고, 아이는 그런 소식이 흘러나올 때마다 울었다.

도대체 아이가 죽음의 의미를 알기나 할까.

사고의 공포가 어떤 것인지 알고 우는 걸까.

그런 소식을 전하는 아나운서의 목소리가 달리 들리는 걸까.

설마 우연이겠지.

하면서 시간을 흘려보냈다. 하지만 시간이 문제를 해결해주지는 않았다. 시간은 소년의 남다른 반응이 점점 뚜렷해지는 걸 도와주었을 뿐이다.

여자는 소년 앞에서 큰소리도 낼 수 없었다. 조금만 언성이 높아져도, 부부가 속삭이듯 다투는 소리에도, 누가 죽었더라는 얘기에도 울음을 터뜨렸다. 표정에도 신경을 써야 했다. 슬픈 얼굴, 화난 얼굴도 금기였다. 텔레비전 켜는 것도 지극히 조심해야 했고 길거리에도 마음 놓고 나갈 수가 없었다. 세상의 너무 많은 것들이 소년에겐 흉기가 되는 모양이었다. 아무도 싸우지 않고, 아무도 큰소리 내지 않고, 아무도 다치지 않고, 아무도 죽지 않는 세상이 아니니까.

세상을 바꿀 수 없는 한 아이가 바뀌어야 했다. 그렇지만 방법을 알 수 없었다. 오직 새끼를 보호하려는 어미의 보살핌이 세상과 아이 사이에서 힘겹게 줄다리기를 했다. 여자는 할 수 있으면 평온한 환경에서 소년을 키우려고 무던히 노력했다. 하지만 소년의 감각을 평화롭게 지켜내는 건 거의 불가능해 보였다. 텅 빈 광장에서도 소년의 감각은 안전하지 않았다. 바람 속에서도 숲 속에서도 울음이 터졌다.

울음은 어디에서 오는 것일까.

바람을 타고 오는 것일까.

정말 어디로부터 오는 걸까.

그냥 내면의 소리를 듣는 걸까.

아무 소리도 들리지 않고, 아무런 일도 없는 상황에서 일어나는, 소년의 격렬한 슬픔에, 여자는 정말 무력했다. 알 수 없는 것에 대한 대책을 강구해야 하는 것은 어쩌면 공포라고 할 수 있었다. 보이지 않는 적들에 둘러싸인 채 가슴을 졸이는 세월이 흘러갔다.

자식의 아픔을 보면서 아무것도 해줄 수 없는 참담한 세월이,

여자를 단련하는 망치가 되어 마음을 두드렸을까.

그래서 단단해졌을까.

시간이 약이 되었을까.

그 마음이 보이지 않지만 짐작은 된다고 하면 오만한 것일까.

보이지 않는 세계에 대한 반응이 꼭 슬픈 건 아니다. 행복한 듯 평온한 미소도 있다. 사실 이유 없는 미소도 상식적이진 않다. 지켜보기에 괴롭지 않은 반응이라 뒤로 밀쳐둔 문제라 해야 맞겠다.

하여튼 이 모든 감정을 소년은 말로 알려주는 게 아니다.

표현 방법은 울음과 미소와 피아노.

그리고 피아노는 소년과 여자한테 구세주 같은 존재이다. 피아노라는 표현 도구가 나타나기 전에는 그야말로 전쟁 같은 나날이었다. 표현되지 못하는 소년의 아픔과 알아챌 수 없는 여자의 괴로움 사이에 드디어 평화의 사절이 생긴 셈이다. 그렇다 해도 평화의 사절이 모든 문제를 해결해 주진 않았다. 전쟁을 피해 잠시 숨을 돌릴 은신처가 되어 주었단 뜻이다. 피아노는 소년의 마음을 평화롭게 전달해주는 도구가 되었고, 덕분에 표현하지 못하는 괴로움에서 벗어나는 시간을 가질 수 있었다.

아직도 여자의 하루는 온통 소년한테 매어있다. 혼자 거리에 둘 수도 없고 소년이 학교에 있는 동안도 마냥 자유롭지 않다. 그래도, 피아노가 선사하는 평온한 시간은, 그 시간이 길지 않다 해도, 다른 힘겨운 시간을 상쇄시켜 주는 힘이 되어 주었다.

교실에서 아이 옆자리에 같이 앉아 있어야 했다.

초등학교에 처음 입학했을 때 한동안 그렇게 했다. 갑자기 울음을 터뜨리는 소년을 재빨리 데리고 나와야 했기 때문이다. 한 번 터진 울음이 얼마나 길어질지는 아무도 모르고 또 최대한 수업 방해를 하지 않겠단 약속을 했다.

입학했을 당시엔 학교도 학부모들도 여자도 몹시 난감했다. 과연 일반 학교에 다닐 수 있을지 모두 의심했다. 학교는 학부모 항의 때문에 난처했고, 어린 학생들은 갑자기 울음을 터뜨리는 소년 때문에 동요했다. 같이 우는 아이도 있었다. 특수학교에 가야 한다는 의견이 가장 합리적 대안인 듯했지만 어떤 특수학교도 소년의 상태와 맞지는 않았다. 갑자기 우는 것 외에 다른 발달 장애는 없었다. 아니, 그것만 빼면 모든 것이 성숙했다. 한글은 네 돌 무렵에 습득해 혼자 동화책을 읽었고 입학하기 전부터 쓰는 것도 능숙했다. 대답을 꺼릴 뿐, 교사가 하는 말도 잘 알아들었고 수업 중에 말썽도 부리지 않았다. 갑자기 우는 것만 빼면 아무도 괴롭지 않았다. 가끔 하루 종일 울지 않고 지나가는 운 좋은 날도 있었다.

사실 소년의 울음 때문에 아이들이 놀랐던 건 아니다.

소년은 소리 없이 울기 때문이다. 처음 보는 사람은 우는 흉내를 낸다는 오해도 한다. 그런데 신기하게도 울음이 터지는 순간 아이들 모두 눈치를 채고 돌아보았다. 그리고 따라 우는 아이도 생겼다. 진짜 울음은 다른 아이들 사이에서 터졌던 것이다. 소년을 그냥 두면 순식간에 교실이 울음바다가 되었다. 그런 상황을 막으려면 우는 소년을 데리고 재빨리 교실을 나가야 했다. 그리고 어머니인 여자가 그 역할을 맡을 수밖에 없었다.

여자는 한동안 아이와 함께 등교하고 하교했다.

신기하고 놀라운 것도 반복되면 익숙해지는 모양이다. 아이들은 차츰 소년이 우는 것에 익숙해졌고 따라 우는 아이도 없어졌다. 소년이 울기 시작하면 수업이 좀 산만해지기는 해도 중단되지는 않았다. 몇 달이 지나자 자연스럽게 타협점이 생겼다. 담임교사도 매일 학부모와 같이 하는 수업이 편할 리가 없었다. 소년의 울음이 길어지면 연락을 하겠다고,

먼저 제의를 했다. 물론 여자도 반가웠다. 하루에 골백번 불려온다 해도 하루 종일 교실에 같이 앉아 있는 것보다 나았다. 적어도 소년에게 엄마 없이 친구와 섞여 지내는 기회가 주어지니까.

소년이 혼자 교실로 들어간 첫 날.

여자는 하루 종일 복도에 서 있었다. 복도 벽에 몸을 숨기고 창으로 가끔 들여다보면서. 그날 소년은 두 번 울었다. 한 번은 짧게. 두 번째 는 좀 길었다. 교사는 여자가 복도에 있는 걸 알았지만 부르진 않았다. 울음이 길어도 인내의 한계를 넘기지 않았던 모양이다. 교사는 속으로 나름의 시간 한계를 정해두고 있었는지도 모르겠다. 소년과 벽에 걸린 시계를 번갈아 쳐다보며 수업을 진행했다. 아이들도 소년을 바라보긴 했 지만 다른 동요 없이 수업을 따랐다.

다만, 소년의 짝꿍이 책상 위에 얹혀있는 소년의 손을 잡았다. 짝꿍은 긴 머리를 뒤로 바짝 당겨 묶은 여자애였다. 손이 잡힌 채 소년은 계속 울었다. 짝꿍은 물끄러미 우는 소년을 바라보았다. 소년을 한참 바라보 던 여자애가 잡았던 손을 놓고 어깨로 가져갔다. 그때 소년이 울음을 그 쳤다. 물론 그날 일은 우연이었을 것이다. 짝꿍의 손길에 울음을 그쳤 다고 단정할 순 없었다. 그동안 여자가 우는 소년을 달래려고 해보지 않 은 것이 있겠는가. 안고, 어르고, 쓰다듬는 것으로 울음을 멈추게 할 수 는 없었다. 울음의 시작과 끝은 오직 소년한테 달려 있었다. 우는 소년 을 품에 안아 줄 수는 있어도 울음을 멈추게 하지는 못했다. 다만, 품안 에서는 격렬함이 조금 잦아들긴 했다. 그것으로 위안을 삼았을 뿐이다.

그래도 여자는 신기했다. 보이는 대로 믿고 싶은 마음이 컸다.

위로가 되었다. 달래주려는 손길이 있는 곳에 소년이 있다는 것만으로도.

학교는 소년한테도 큰 도전이었음엔 틀림없었다.

더 많이 들리고 더 많이 보이는 세상으로 나왔으니 자극도 그만큼 많을 수밖에 없었기 때문이다. 울도록 버려두면 되지 않느냐고 말할지도 모르겠다. 노출을 시키다 보면 적응이 되지 않겠느냐고. 입학을 시키면서 그런 기대를 해보긴 했다. 학교에 다니는 자체가 엄청난 노출 속에 있는 것이니까. 하지만 그것도 완전히 실패라는 걸 인정해야 했다.

소년은 지금 4학년이다.

조금도 변하지 않았다.

변한 건 친구들과 학부모들의 마음과 태도다.

이유 없이 울음을 터뜨리는 소년.

모두가 불편해했다. 그러나 지금은 아니다. 소년을 보는 눈과 마음이 달라졌다. 갑자기 우는 것 외엔 아무런 장애가 없는 걸 알았기 때문일까. 달라진 마음이 장애를 장해로 느끼지 않게 되었을까. 오히려 여린 감성을 감싸주고 특별한 재능을 아껴준다. 적어도 두레 초등학교에선. 남다른 피아노 연주 능력이 알려지고부터는 더욱 신비롭게 본다. 소년은 스스로 작곡을 하고 연주한다. 피아노 천재라 불린다. 학교에서 소년의 피아노 실력을 모르는 사람은 없다. 학예발표회 때마다 연주를 하기 때문이다.

지금 학교에 있는 동안은 적어도 친구들의 보호를 받고 있는 셈이다. 두레 초등학교 학생이라면 소년을 모르는 아이가 없다. 소년이 운동장

한가운데서 울고 있으면 다가와서 어깨를 두드려주고 안아주기도 한다. 손가락질 하는 아이는 없다. 아이들의 공감은 어른보다 자연스럽다. 또 다른 공감대가 있는지도 모르겠다. 자연스런 눈빛을 주고, 자연스레 가까이 가고, 자연스레 손을 내민다.

***

피아노 소리가 거실을 가득 채운다.

바람 소리다.

바람이 부는 들판이다.

여자는 소파에 앉아 바람 부는 들판을 본다. 아니, 듣는다.

피아노가 없었더라면 어떻게 되었을까.

어떤 식으로 감정을 표현할 수 있었을까.

스쳐지나가는 바람에도 울음을 터뜨리는 아이. 그런 아이를 온종일 지켜봐야 하는 여자의 상심은 나날이 깊어졌다. 자식의 고통에 흔들리지 않는 부모가 있을까. 더구나 시간이 가도 옅어지지 않는 고통. 그 고통을 보고 살아야 하는 힘겨움은 피아노 덕분에 조금씩 상쇄되었다. 소년의 아픔도 피아노 소리에 정화되는지도 모르겠다.

소년은 울고 난 뒤엔 피아노를 친다.

피아노를 치고 있을 땐 격렬한 음도 마냥 힘들게 느껴지진 않았다. 울음이 그친 뒤 아프게 남아있던 굳은 표정을 보지 않게 된 것도 얼마나 다행인지 모른다. 연주를 하는 동안 굳은 표정은 사라지고 몰입의 평온이 찾아온다.

소년의 마음을 들을 수 있는 것도 기뻤다. 말로 표현되지 않던 감정이 피아노 소리에 담겨있었다. 그리고 난데없는 행복을 느낀 뒤 연주는 참으로 아름답다. 손가락이 만들어내는 선율을 따라가다 보면 마음도 개울물처럼 돌돌돌 흘렀다. 하염없이 앉아 있어도 좋은 시간이었다.

사람들은 묻는다.

수많은 곡들을 왜 악보로 남겨두지 않느냐고.

여자는 대답 없이 웃기만 한다. 피아노 연주는 소년의 말이다. 피아노로 말을 대신하는 것이다. 말하는 걸 녹음해둘 필요를 못 느끼듯 악보로 남길 필요를 느끼지 못할 뿐이다. 그 많은 말들을 모두 적어두어야 하다니, 생각만 해도 숨차다. 필요하다면, 그것도 소년 몫으로 남겨두고 싶다. 언젠가 악보로 남기고 싶은 소망이 소년한테 생긴다면, 방법을 배우는 길을 열어주긴 할 것이다. 피아노가 소년에게 다가온 순간처럼 자연스러운 때가 온다면 말이다.

연주는 10분을 조금 넘기며 끝이 난다.

손가락이 멈추고 바람이 멎는다.

소년의 얼굴은 평온하다.

어떤 의식이 지배하고 있는 걸까. 아니, 어떤 의식에 닿아있는 걸까. 내밀한 속을 자세히 알 수 없지만 느낌은 충분히 잡힌다. 하지만 여자는 확인하고 싶다. 느낌이라도 확인하고 싶다. 혼자만의 망상이라면 곤란하지 않은가. 그건 소년의 내면처럼 여자의 내면도 외딴섬이란 소리가 아닌가. 그럴 리는 없다고 생각한다. 확인하진 않았지만 확신한다. 웃기지만 느낌의 확신이란 것도 있다.

혼자만의 확신으로 만족하지 못하는 여자.

지금 이 순간 아들과 공감이 절실한 여자는 참을 수가 없다. 그리고 대다수 사람처럼 여자도 말로 하는 소통에 더 익숙하다. 그래서 소년의 짧은 답이라도 귀로 듣고 싶은 것이다.

– 끝났구나.

– 네.

– 엄마가 좀 궁금한 게 있는데.

– …….

– 연주에서 바람소리를 들었거든.

– 네.

– 넓은 들판에 부는 바람이더라.

– 네.

– 들판엔 무엇이 있을까?

– 풀.

– 토끼풀이나 잔디 같은 거 말이니?

– 키가 커.

– 갈대?

– …….

– 갈대꽃이 하얗게 피었을까?

– 아뇨.

– 갈대가 아니라고?

– 초록색.

– 초록색 갈대밭?

– ·······.

소년은 더 이상 대꾸가 없다. 여자도 더 묻지 않는다. 분명해졌다. 느낌이 확신으로 분명해졌다. 초록색 갈대밭이 눈앞에 펼쳐졌다. 바람은 아직 꽃이 피지 않은 푸른 갈대밭을 달려갔던 것이다.

7

〈이상해.〉

이해를 못하면 이상하다고 했다. 이해할 능력이 없는 자신을 과감히 용서하고 상대를 재빨리 죄인으로 만들었다. 그렇게 하는 데 일초의 지체도 없었다.

그런 말을 얼마나 많이 하고 살았을까.

그 말을 내뱉은 횟수가 자신의 무지와 무능력을 인정한 횟수였다는 걸 몰랐다. 몰랐으니 그렇게 살 수 있었다. 모르는 것이 많은 사람일수록 이상한 게 많다고 하지 않던가. 누가 했는지 모를 이 말이 그제야 여자를 한없이 부끄럽게 만들었다. 남다른 감각을 가진 아들을 만나지 못했더라면, 근거 없는 자신감으로 평생을 살았을지도 모른다. 통찰의 지혜를 가진 사람들한테 정말 이상한 사람으로 보이는 줄도 모르면서. 자신을 향한 웃음의 의미를 좋을 대로 해석하면서.

도대체 어디서 생긴 자신감이었을까.

무얼 보고 살았던 걸까.

아니, 무엇을 보지 못했던 걸까.

산봉우리에 올라서면 사방이 내려다보인다.

동서남북의 능선과 오솔길과 숲이 눈 아래 펼쳐진다. 숲길을 걷고 있는 사람에겐 보이지 않을 길의 방향도 보일 것이다. 적어도 목적지로 제대로 가고 있는지는. 독수리만큼 눈이 밝다면 멀리 산을 오르기 시작하는 사람들을 볼 수도 있겠다. 그리고 알려주고 싶은 것이 있을지도 모른다.

〈꼭대기엔 눈도 녹지 않았고 바람도 차니 두꺼운 옷을 챙기시오.〉

그런 말이 들린다면 어떤 반응을 보이겠는가.

지금 당신이 따가운 햇살 아래 땀까지 흘리며 산을 오르고 있다면. 주변엔 꽃이 만발이고, 나무는 온통 푸르고, 햇살은 천지에 가득한 곳이라면 말이다.

이해할 수 없을지도 모른다. 어쩌면 비웃을 수도 있겠다. 그래서, 왜 그런 말을 하는지, 어떻게 그럴 수가 있는지, 그런 의문은 떠올릴 새도 없이,

〈무슨 소리야? 이상한 사람이네!〉

그렇게 반응한다면, 옛날의 여자가 살아왔던 방식과 같다.

〈왜 그런 말을 하는지 모르지만 이유가 있겠지.〉

이런 반응이라면 어떨까.

당장 이해할 수 없지만 하나의 현상으로 일단 받아들이는 것. 그래야 적어도 현상에 대한 이해의 기회를 가질 수 있다. 성급한 판단으로 이해

할 기회조차 막아버리는 완전 실패의 확률을 낮출 수는 있다.

그래야 했지만 그러지 않았다.

심지어 애끓는 이웃의 호소에도 귀 기울이지 않았다. 그들의 호소는 강 건너 불구경보다 못했다. 구경도 하지 않았으니까. 강 건너 불은 적어도 호기심의 눈길이라도 받아보지만 그들의 호소는 관심 한 번 받아보지 못한 채 귓등으로 지나갔다. 사람이 하는 말을 사람의 귀를 가진 자가 듣지 않았던 것이다.

자신이 알고 있는 것이 아니면 믿지 않았다.

아는 것에만 공감하고 동의했다. 그러면서 지식이 쌓이는 것이라 착각했다. 지식이 쌓이는 것이 아니라 그저 알고 있던 것이 굳어지는 걸 몰랐다. 그렇게 굳어진 머리에 다른 것이 스며들 여지는 없었다. 굳어 버린 의식으로 듣고 보는 모든 것은 사실상 무용지물이었다. 적어도 감각을 일깨우는 데는 실패했다. 감각도 사실상 굳어갔다. 쓸모가 없어졌다. 감각을 통해 들어오는 것은 콘크리트화된 머리로 떨어지는 순간 같이 굳어버렸다.

여자의 감각은 외부와 단절되었다. 외부 세계를 감지하지 못했다. 감지한다고 착각했을 뿐 사실은 아니었다. 아들의 세계를 감지하기 전까진 의심조차 없었다. 장애를 가진 아들의 존재가 비로소 여자의 감각을 열어 준 것이다. 특수학교 설립을 호소하던 이웃의 호소가 비로소 제대로 감지되었다.

단단했던 무지가 와르르 무너지는 순간이었다.

'특수학교를 세우게 해 주세요.'

장애 가진 아이를 둔 부모들이 거리에 나섰다. 그 아이들도 배워야 했고 학교가 필요했다. 그런데 특수학교는 지역마다 있는 게 아니었다. 너무 멀거나 수용인원이 제한되어 있었다. 더구나 장애를 가진 아이들이다. 혼자서 학교엘 갈 수 없는 경우가 많다. 그런데 집 근처에 학교가 없다. 요행히 있다 해도 원하는 모두가 들어갈 수도 없다. 학교가 턱 없이 부족하기 때문이다. 그런데 학교는 설립되지 못하고 있다. 애타는 부모들이 거리로 나왔다. 학교를 세우게 해달라는 호소와 함께 무릎까지 꿇었다.

지역 주민들도 거리로 나왔다. 그리고 같이 무릎을 꿇었다. 특수학교가 들어서는 걸 반대하는 애절한? 몸짓이다. 어떤 이유로 반대하는 걸까. 드러난 이유는 이렇다.

'집값이 떨어진다.'

'보기에 좋지 않다.'

'자기네 아이들과 가까운 곳에 둘 수 없다.'

인간이 이런 정도 생각밖에 못하는가. 정말 이것이 반대의 이유인가.

가지가 하나 부러진 나무는 나무가 아닌가. 그 나무로는 아무것도 만들면 안 되는 것인가. 무조건 베어버려야만 하는가. 다리가 부러진 개나 고양이는 아이들 곁에 두면 안 되는가. 보기에 좋지 않으니 없애야 하는가. 성장이 더딘 식물이 자연에 어떤 피해를 끼친단 말인가. 지적 신체적 발달이 느리거나 다른 아이가 사회에 어떤 피해를 끼친단 말인가. 온전하다는 것이 무슨 뜻인가. 온전한 외모를 유지하는 것? 온전한 기능?

하지만 누가 미래를 장담할 수 있단 말인가.

여기는 첨단 기계와 기기가 가득한 문명사회다. 누구도 예측하지 못할 일과 누구라도 예견할 수 있는 사고가 매일 일어나는 세상이 아닌가. 고도로 발달한 문명사회일수록 사고의 위험은 많고 크다. 그런 정도는 예견할 수 있는 게 인간이다. 그런데도 온전한 것만 고집할 수 있는가.

'온전'에만 초점을 맞춘다면 세상에 온전하게 생을 마치는 사람은 없다. 누구한테나 예견되어 있는 장애가 있지 않은가. 적어도 단명하지 않는다면, 노화, 라는 장애를 거쳐야 하지 않는가. 귀가 어두워지고, 눈이 침침해지고, 걷기도 힘들어지고, 사고의 둔화도 막을 수 없다. 온전하지 않게 되는 것이다. 누군가의 보살핌이 필요할 수도 있다. 가까이에 도움의 손길이 없다면 사회의 보호라도 받아야 하지 않는가. 그런 시설은 그럼 어디에 지어야 하는가.

어디 외딴 섬에라도 격리시켜야 하는가?

말이 안 되는 말을 하고 있다고? 그렇게 들리는가?

글쎄 이렇게 말이 안 되는 반대를 하려고 주민들이 거리에 나섰던 것이다.

특수학교 설립을 반대하며 무릎까지 꿇은 주민들은, 지적장애를 제대로 알고나 반대했을까. 단정하지만, 그들은 모른다. 안다 하더라도 수박 겉핥기 정도다. 제대로 안다면 결코 반대할 수 없다. 어떻게 그렇게 단정할 수 있느냐고? 부끄럽지만 여자가 그랬으니까. 반대 이유에 아무런 의문이 없었으니까.

알지도 못하면서, 의문조차 없었다. 내가 모르는 일은 먼 나라 일이었다. 먼 나라 일은 나랑 상관이 없었다. 특수학교라니, 그게 도대체 어떤 학교란 말인가. 어떤 아이들이 가는 학교인지도 생각해보지 않았다. 알려고 하지도 않았다. 모르는 것에 신경 쓰기 싫었다. 신경을 쓰지 않으려면 지금 이대로가 좋았다. 이대로 변하지 않으면 그만이었다. 그렇게 되려면 반대가 최고로 간단했다.

무지한 자의 마음은 그저 이유도 모르는 의심으로 가득하다.

그들은 모두 불이익에 대한 강박증에 시달리고 있는 것은 아닐까. 모르는 채로 살면서 위험을 피하는 최고의 방어 방법이, 의심과 거부인지도 모르겠다.

사실 반대하는 이면엔 두려움이 가득하다. 바로 나의 일이 될 수도 있음을 전혀 느끼지 못할 리가 없다. 오랜 세월 쌓여온 경험의 유전자를 가진 인간이 그걸 모를 수는 없다. 누군가 겪는 일은 바로 모든 인간이 겪을 수 있다는 것을. 그래서 더 외면하고 싶은 것이다. '반대'는 바로 나의 일이 될 수도 있다는 두려운 생각을 막으려는, 극단적인 방어 방법인 것이다.

그렇지만 그런 진실을 알아챌 수가 없다.

그들의 얼굴은 지금 깜깜한 동굴을 향해 있으니까. 고개를 반대로 돌리지 않는 한 빛의 원천을 보지 못한다. 심지어 빛을 가리고 있는 자신의 그림자를 두려워하고 있다. 그래서 자꾸만 안으로 도망치고 있다. 돌아서버리면 사라질 그림자를 피해 자꾸 반대로 달아나고 있는 것이다. 더욱 깜깜한 어둠을 향하여.

고개를 돌리는 일만큼 쉬운 일이 있을까.

돌리고 나면 그렇게 말하게 될 것이다. 아무것도 아닌 일이라고. 너무나 쉽다고. 모든 일이 그렇다. 그렇지만 모든 일은 마음이 명령한다. 마음이 허락하지 않으면 손가락 까딱하는 일조차 할 수 없다. 결국은 마음이 마음대로 하는 것이지만 그 마음을 붙잡고 있는 한 아무것도 할 수 없다. 굳어진 마음은 아무것도 품을 수 없고 아무것도 변화시킬 수 없다. 사실상 외부 세계와 단절된 것이다. 고개만 돌리면 어둠을 벗어난다는 것을 믿지 못하면,

귀를 열고 받아들이지 않는 한,

깜깜한 동굴 속이 더욱 안전한 세계로 느껴지는 것이다.

햇살이 등에 따뜻하게 쏟아져도 오히려 차가울 수 있다.

감각의 세계는 결국 의식의 세계니까.

***

텔레비전을 보고 있던 소년이 울음을 터뜨렸다.

소리 없는 울음이었다.

소년의 울음에 여자 마음도 무너졌다.

소리도 없고 눈물도 없지만,

소년의 감각이, 아픔이,

고스란히 여자한테 스며들었기 때문이다.

아들의 울음엔 확실히 다른 두 종류가 있었다.

배가 고프거나, 기저귀가 젖었거나, 몸이 불편할 땐 소리 내어 울었다. 물론 눈물도 흘렸다. 분명한 욕구가 있는 울음이었다. 그럴 땐 욕구를 채워주면 금방 울음을 그쳤고 얌전해졌다. 그러나 눈물도 소리도 없이 우는 때가 있었다. 도무지 우는 까닭을 알 수 없었다. 배가 고픈 것도 아니고, 기저귀도 깨끗하고, 열도 없고, 다친 데도 없는데 서럽게 울었다. 몰랐을 때는 들쳐 업고 병원도 자주 갔다.

깨닫고 나니 너무나 명확히 달랐다. 까닭을 알 수 없는 울음과 요구가 분명한 울음으로 구분되었다. 그것을 아들은 소리와 눈물로 알려주었던 셈이다. 그걸 알아채지 못했던 동안, 여자에게 아들의 울음은 참으로 막연하고 어려운 숙제였다. 한번은 한밤중에 돌연 울음이 터졌다.

그날 일은 신기하다고밖에 할 수 없다.

소리 없는 울음을 어떻게 감지했던 것이다.

몸이 떨리는 느낌에 잠이 깨었다.

아이도 깨어있다는 걸 단박에 알아챘다.

불을 켰다.

아이가 울고 있었다. 소리 없는 울음이었다. 여자가 깨어나지 않았더라면 혼자 겪어냈을 울음이 분명했다. 아마도 수없이 홀로 이런 밤을 보냈을 거라는 생각이 들었다. 소리가 나지 않는 울음이니까.

아이는 아무것도 요구하지 않았다. 말하자면 이유 없는 울음이었다. 아니, 적어도 여자가 해결해줄 수 있는 이유로 우는 게 아니었다. 느낌이 그랬다. 그래서 기저귀를 살피지도 달래지도 않고 그냥 응시했다.

아이는 몹시 서럽게 울었다.

몸이 아픈 게 아니지만 아팠다.

응시하고 있던 여자 몸이 떨렸다. 그리고 울었다. 갑자기 서러움이 얼굴까지 차오르더니 눈물이 떨어졌다. 눈물이 아이 얼굴로 떨어지는데 정작 아이 눈엔 눈물이 없었다. 눈물 없이 울었다. 달랐다. 분명 무엇이 달랐다. 아이는 아무 이유 없이, 아니 이유를 모르는 이유로 울고 있음을 깨달았다. 깨닫는 순간 마음 한구석이 편해졌다. 적어도 다른 이유가 있다는 걸 알았으니까. 아이는 분명 표현을 달리한 것이다. 소리도 눈물도 없는 울음으로. 몸이 편치 않거나 배가 고픈 것이 아니었다.

다른 이유가 있다.

그 이유가 무얼까.

아이는 오직 소리 없는 울음으로 그것을 말하고 있다.

여자는 그걸 알아들어야 했다. 귀를 열고, 마음을 열고, 온 몸을 열었다. 모든 감각을 동원해 느껴야 했다. 아직 장담할 수는 없다. 그 이유를 온전히 알게 되었노라고. 그러나 조심스럽게 말할 수 있다. 아이는 온몸으로 슬픔을 표현하고 있다고. 어떤 슬픔을 느끼는 게 분명하다고.

여자가 알아챈 것이 틀리진 않은 모양이었다. 아니, 날이 갈수록 맞아떨어지고 있다. 이제 아이의 소리 없는 울음에 여자도 아팠다. 같이 울고 싶어졌다. 종종 같이 울기도 한다. 그리고 여자는 혼란스럽다. 누군가 볼까봐 두렵기도 하다. 왜 아니겠는가. 비상식적으로 보였던 아이의 습성이 아니던가. 그 습성에 동참하고 있는 엄마라니. 그런 생각이 들 때마다 생각을 달리 해보기도 했다. 생각대로 되어 가는 게 아닐까. 여자가 만든 이유가 여자를 이끌고 가는 건 아닐까 하는.

그렇지만 보지 않아도 느껴지는 건 어떻게 설명해야 할까. 까닭모를 우울과 슬픔에 휩싸여 안절부절못하다 아이를 찾으면 반드시 울고 있었다. 소리 없이 울고 있었다. 여자는 분명히 아이와 연결되어 있다. 볼 수 없는 무엇으로 연결되어 있었다.

그리고,

연결의 느낌은 나날이 구체적으로 드러났다.

어떤 땐 너무 뚜렷이 드러나 두렵기까지 하다.

소년이 보고 있는 텔레비전 화면에 한 노인이 있었다.

시멘트 바닥에 아무렇게나 구겨져 앉은 노인.

지하철 화재로 아수라장이 된 지하도 입구였다.

자신의 몸을 간신히 지탱하고 있는 팔.

맨 바닥을 짚고 있는 노인의 손이 화면 가득 클로즈업 된다.

팔이 떨린다.

떨리는 팔로 바닥을 짚고 앉아 있던 노인이 허둥댄다.

아니, 허둥대는 건 노인의 몸이 아니라 마음이다.

허둥대는 노인의 마음이 여자 마음에 꽂힌다.

가족을 잃은 모양이다.

누가 노인의 곁을 떠난 걸까.

여자 마음이 몹시 아프다. 소년도 서럽게 울고 있다.

– 잊어버리는 약 있으면 좀 주시오.

허둥대던 노인 입에서 나온 말이다.

그 순간 여자가 주저앉는다. 울고 있는 소년 옆에.

쓰러지듯 방바닥에 앉은 여자가 울었다.

앉은 모습이 노인과 같다는 걸 여자는 모른다.

우는 모습이 소년과 같다는 것도 여자는 모른다.

노인과 소년과 여자가,

소리도 없이,

눈물도 없이,

울고 있다.

8

〈잊어버리는 약 있으면 좀 주시오.〉

노인은 시멘트 바닥에 털썩 주저앉아 있었다.

충격에 휩싸인 얼굴이지만 눈물은 흐르지 않았다.

어떤 의지로 가득 찬 듯도 하고 의욕이라곤 모두 빠져나가 버린 것 같기도 한 표정. 그러나 애매한 표정과 달리 그의 자세는 분명한 웅변을 보이고 있다. 삶의 정기가 없다. 아무렇게나 바닥에 던져진 몸이 그렇게 말하고 있다.

살기 싫다고!

살 수가 없다고!

이렇게는 도저히 살아 있을 수가 없다고!

깜빡 정신을 놓았다 찾은 노인의 입에서 나온 말이,

지하도에 모여 있던 사람들 가슴을

쿵,

울린다.

— 잊어버리는 약 있으면 좀 주시오.

지하철에 불이 났다.

수많은 사람들이 화기(火氣)와 연기에 호흡기가 상했고, 수십 명이 질식해 죽었고, 그보다 더 많은 사람은 불길에 재가 되었다. 노인의 스물여덟 난 딸도 죽었다. 아니, 죽었을 것이라 했다. 시체가 확인되지 않았으니 아직 죽은 것은 아니던가. 그 말이 맞을지도 모르겠다. 딸 이름은 지금 실종자 명단에 올라 있다. 노인은 텔레비전 뉴스 속보를 보고 딸의 변고를 의심했고 휴대전화로 안부를 확인하고자 했다. 딸은 응답하지 않았다. 딸의 하루 행적을 너무나 잘 알고 있던 노인으로선 숨이 넘어가도록 통탄스럽다. 그 시각에 딸이 그 지하철에 있었을 게 너무 분명하기 때문이다. 미치도록 아니길 바랐지만 딸은 전화를 받지 않았다.

전화를 받지 못하는 상태라니. 그런 처지에 있다니.

사고대책본부 전화도 불통이었다.

딸의 휴대전화 번호를 수십 번 누르던 노인은 사고 장소로 뛰어간다.

지하도 입구는 아수라장.

들어가려는 사람들과 통제하는 사람들의 몸싸움 터.

사고가 난 지 벌써 10시간이 지났다. 참상의 현장은 빠르게 정리되고 있었다. 노인의 몸도 통제하는 사람들 몸에 제지당한다. 막무가내로 돌진하던 노인의 몸이 통제하는 사람들 발 앞에서 갑자기 무너진다. 정신을 놓은 것이다. 구급대원들이 들것에 옮기려는데 정신이 돌아온다. 정신을 찾은 순간, 노인 입에서 나온 말.

– 잊어버리는 약 있으면 좀 주시오.

늘 그러했듯 딸은 아침 8시에 집을 나섰다.

지하철역까지 노인이 태워주었다. 자전거 뒷자리에 딸을 태워서 지하철 내려가는 계단 입구에 내려주었다. 휴일이 아닌 아침마다 볼 수 있는 부녀의 일상이었다.

딸은 아직도 마냥 어리고 어여쁘기만 한 스물여덟.

남들은 시집보낼 나이가 되었다고, 다 컸다고 말하지만, 노인에겐 아니었다. 그 여리고 고운 손과 병아리 같은 피부와 구슬이 구르는 예쁜 목소리 어디에 어른의 자취가 있다는 말인지. 벌써 시집이라니. 그런 생각은 해보지도 않았다. 좀 더 곁에 두어야 했다. 딸의 출근길과 퇴근길을 함께 하는 일도 노인한테 큰 기쁨이었다.

***

늦둥이 딸, 미나.

잉태 소식을 들었을 땐 걱정부터 앞섰다. 부부의 나이가 쉰에 가까웠으니까. 그래도 포기할 생각은 하지 않았다. 새삼스러웠지만 아내의 배가 불러올수록 걱정만큼 기대도 커졌다. 첫째를 가졌을 때 마음과 분명 달랐다. 그러나 처음엔 달라진 마음을 알아채지 못했다. 그냥 하루하루

삼가는 마음으로 지내고 있었다. 그런데 아내가 '태교는 당신이 하나봐요' 하고 웃었을 때 노인은 웃지 못했다. 맏이인, 미륵이 생각이 났던 것이다. 아니, 정확히 말하면 미륵을 가졌을 때는 어떤 마음이었는지 기억이 나지 않았던 것이다.

태교란 말을 듣는 순간 노인의 기억이 아득한 과거로 달려갔다. 미륵이 태어났던 날이 떠오르긴 했다. 강보에 싸인 모습을 들여다보던 자신의 뒷모습이었다. 그랬다. 미륵은 태어나던 날 비로소 노인의 아들이 되었다. 아내 배속에 깃들었던 열 달은 노인 마음에 없었다. 그러니까 아내말이 거짓은 아닌 것이다. 아버지도 태교를 해야 한다면, 미륵한테 아버지 태교는 없었다.

아내가 웃는데 왜 그런 생각을 하고 있었는지.

미륵이 대학생이 되도록 둘째 소식은 없었다.

부부한테 아무런 문제가 없고 피임도 하지 않았지만 소식은 없었다. 그러나 애타게 기다리지도 않았고 애타는 노력도 하지 않았다. 그 일에 대해선 부부 생각이 같았다. 자식이 없는 것도 아니니 그냥 삼신할미께 맡겨 두자는 심정이었다. 그리고 자연스럽게 포기가 되었다. 세월이 흘렀고 누가 봐도 가망 없을 나이가 되었으니까. 삼신할미는 부부를 잊었고 부부도 삼신할미를 잊었다. 그런데 놀랍게도 삼신할미가 다시 부부를 기억해낸 모양이었다.

처음엔 아내 몸에 큰 병이 생긴 줄 알았다.

의사 앞에 앉아있던 그 짧은 순간이 아득하게만 느껴졌다.

결혼을 하고 난 뒤로 그렇게 긴장했던 때가 없었을 것이다. 그래서 아기 소식을 듣고는 웃어야 할지 울어야 할지 헷갈렸다. 안도와 허탈과 신기함과 걱정이 뒤섞인 묘한 감정이었다. 그래도 마지막을 장식한 감정은 기쁨과 기대였다. 사실 듣는 순간 웃었다. 복잡한 감정의 변화는 웃음 뒤에 눌려 드러나지도 않았다.

미나는 그렇게 왔다.

어디서 그런 보물이 왔는지 날마다 고마웠다. 처음 가진 자식이 아니었으니 처음 겪어보는 일도 아니었다. 그런데 달랐다. 자라는 걸 지켜보는 일이 새삼스럽고 행복했다. 미나는 귀했고 귀한 자식을 보살펴줄 수 있는 스스로가 대견했다.

그랬다. 딸의 탄생은 노인을 많이 바꾸어놓았다.

칼 퇴근은 기본이고 퇴근해서 잠잘 때까지 딸과 함께 시간을 보냈다. 무엇이 그를 자식한테 그토록 집중하게 했을까. 분명 맏이를 키울 땐 그렇지 않았다. 그는 변했다. 너무도 큰 변화이지만 정작 스스로는 변화에 대한 자각이 없었다. 주위에서 하는 소리가 노인의 행동에 대한 답이 되어 줄지도 모르겠다. 늦게 얻은 자식이라 더 예쁜 거라고. 그러나 의식하지도 못하는 변화의 이유 따위에 관심이나 있었을까.

맹목의 사랑은 시간과 함께 달려갔다.

딸이 고등학생이 되었을 때 노인은 이미 퇴직자였다. 퇴직 후 남아도는 더 많은 시간도 몽땅 딸의 일정에 맞추었다. 학교에 데려다주고, 등하교 시간에 맞추어 밥상을 차렸다. 딸이 직장을 잡았을 때도 일상은 변치 않았다.

그러니 딸의 행적을 노인은 너무나 잘 알고 있는 것이다.

어느 시간에 어디에 있는지 모를 수가 없었다.

하지만 까맣게 몰랐다. 정작 딸이 떠나는 시간은 몰랐다. 미나는 이미 10시간 전에 이승을 떠난 것이다. 노인은 그 시간에 시장에 가서 귤을 샀다. 그리고 집에 와서 편안하게 귤을 먹고 있었다. 딸이 화염에 휩싸여 아버질 부르고 있던 시간에 귤을 먹고 있었던 것이다. 미나는 귤을 좋아했다. 집에 돌아오면 좋아하겠지, 하며 귤 상자를 보며 흐뭇해했다. 텔레비전을 켜지 않았다면 그것도 모르고 문자를 기다리고 있었을 것이다. 퇴근길, 미나는 지하철을 타면 문자를 보냈다. '미나'라고. 그 문자는 부녀 사이의 약속이었다. 지하철을 탔다는. 기다리던 문자를 확인한 노인은 신나게 자전거를 몰아 지하철역으로 달려갔고 언제나 먼저 도착해 딸을 기다렸다.

***

– 미나야— 대답해—

초점 없는 눈으로 앉아 있던 노인이 갑자기 놀란 듯 주머니를 뒤진다. 주머니에서 꺼내 든 휴대전화. 노인은 휴대전화를 빤히 바라본다. 그리고 기도하듯 번호를 누르고 기대에 찬 얼굴로 휴대전화를 귀로 가져간다. 받을 리가 없다. 노인 얼굴이 점점 일그러진다. 일그러진 얼굴이 펴지나 싶은 순간, 전화를 부여잡고 울부짖는다.

– 미나야— 이 자식아— 대답해—

– 미나야—

– 미나야—

노인은 휴대전화를 안고 운다. 눈물도 흐르지 않는 울음을 운다. 마른 눈물을 흘리며 딸 이름을 부르던 그가 갑자기 울음을 멈춘다.

정색을 한 노인.

무엇을 하려고 하는지.

무엇인가 해야 하지만 아무것도 할 수 없게 되어 버린 사람.

넋이 나가버린 사람.

이윽고 흔들리는 눈빛.

한참 넋을 놓고 앉아 있던 노인 입에서 나온 말.

– 그것도 모르고 나는 귤 까먹고 있었네.

– 오면 주려고 귤을 한 상자나 샀는데.

9

미나는 시체로 돌아왔고, 잊어버리는 약은 구할 수 없었다.

그래서 대신 노인은 그날부터 귤을 잊었다. 귤이 보일라치면 즉시 눈을 돌렸고, 귤은 그에게 없는 존재가 되어 갔다. 마음에서 지우면 눈에서도 지워지는 모양이었다. 그런 방법이 통하는 존재도 있었다. 지울 수 있는 존재.

그러나 미나는 어떤 방법도 통하지 않는 존재였다.

아니, 노인은 마음을 다스리는 절대 방법을 몰랐다.

무엇이든 마음먹은 대로 할 수 있는 마음 법을 몰랐다.

그래서 다스릴 수 없는 기억에 속수무책 휘둘렸다.

시간이 필요했고 시간이 아니면 요리될 수 없는 세월이었다.

자식을 잃은 부모에겐 특히 그랬다. 남다른 시간 속에 존재했던 날이었다. 비록 다른 사람 눈에는 비상식적으로 보이는 행동일 수 있었다. 아름답게 보이지 않는 모습일 수도 있었다. 하지만 어쩔 수 없는 삶도

있는 것이다. 애도의 시간이라 해도 좋고 슬픔을 삭여 쓸 만한 시간을
다시 만들어내는 시간이라 해도 좋았다. 그냥 따뜻하고, 너그럽고, 애틋
하게 바라봐주는 마음이 필요했던 시간이었다. 그런 눈길 속에 있는 것
만으로도 치유가 가능할 수 있었다.

죽음은,

언제,

어디서나,

누구에게나,

일어날 수 있는 자연의 일이니까.

자연을 거역할 수 없다면,

분명,

받아들이는 방법도 존재할 테니까.

그러나,

시간은 상대적이었다.

미륵은 부모와 다른 시간에 있었음이 분명했다. 가장 가까운 혈육인
아들조차 같은 시간 속에 있지 않았다. 그래서 부모가 힘들어하는 시간
만큼 긴 관심을 기울이기 어려웠던 모양이었다. 관심이 힘겨워지자 화를
내기 시작했으니까.

위로의 방문이란 이름으로 왔지만 정작은 아니었다. 어쩌면 도리어 위
로받으러 왔던 지도 모른다. 부모의 고통은 얼마만큼 자식한테도 고통
이니까. 고통의 시간은 아무리 짧다 해도 괴로우니까. 겪고 싶지 않으니

까. 한시 바삐 벗어나고 싶었을 테니까. 그래서 하루라도 빨리 확인하고 싶었을지 모른다. 부모의 고통이 끝났음을 확인하고 자신도 그 고통에서 벗어나기 위한 발걸음이었던 지도.

급기야 화를 내려고 부모한테 오는가 싶을 정도가 되었다. 미륵의 노골적인 화풀이. 그럴 때면 현세는 안방으로 들어가 버렸고, 금생은 외면하고 묵묵히 앉아 있었다. 눈물도 나오지 않았다. 눈물도 체면을 차렸다. 감정은 감정을 따라 흐르는 듯했다. 미륵의 굳은 감정 앞에선 눈물도 굳었다.

죽은 자식만 자식이냐고,

그만 잊고 사람처럼 살라고 했다.

부모가 그러고 있으니 무엇을 해도 편하지 않다고,

일이 손에 잡히지 않는다고 했다.

마음 편히 살 수 있도록,

신경 쓰이지 않게 해 달라고도 했다.

신경도 쓰기 싫다니.

그런 마음이었다니.

원망만 늘어놓는 아들의 방문은 노부부를 더 기막히게 했다.

미륵은 어른이었다. 누구의 자식이기보다 부모 역할이 더 큰 어른이었다. 잔손이 필요 없을 만큼 성장한 딸 둘을 둔, 한 집안의 가장이었으니까. 그러나 그 어른은 투정만 하다 돌아갔다. 미륵이 화를 내고 돌아가면 너무 맥이 빠졌고, 주체할 수 없는 절망에 휩싸여 참말 죽고 싶었다.

서로의 눈에서 절망을 읽은 부부는 놀라 눈길을 피했다.

제발.

오지 말았으면 했다. 그것은 거짓 없는 마음이었다.

밥을 먹는 것도, 살아 있는 것만으로도 힘겨웠다. 왔으면, 힘이 되어 주려고 왔으면, 그냥 마주 앉아 밥이나 먹고 가는 게 나았다. 말없이 곁에 머물다 가는 것만으로도 고마웠을 것이다.

처음 얼마동안 미륵은 그렇게 했다. 현세와 금생의 슬픔을 묵묵히 지켜보았다.

그리고 미륵이 머무르는 동안은 견디기가 나았다. 물론 미륵을 보면 미나 생각이 더 나서 많이 울었다. 울고 있었던 시간이 울음을 참으며 보낸 시간보다 차라리 가벼웠다. 부부의 고통이 조금은 덜어지던 그 시간이, 미륵에겐 몹시 힘든 시간이었던 모양이었다.

길게 참아주지 못했으니까.

길게?

길다는 말의 뜻도 모르게 되어 버렸다.

아니면 부부한테만 턱없이 짧은 시간이었는지.

두 달도 지나기 전에 화를 내지르지 않았던가.

– 그만 잊으세요!

라고.

그런 방법이 있다면,

억만금을 주고라도 배웠을 것이다.

잊어버리는 방법만 있다면.

***

오기만 하면 우울해진다고?

우울해서 오기가 싫다고?

좋은 핑계가 생긴 거지.

오기 싫어진 차에 찾은 핑계가 그것이었다.

원래도 명절 아니면 얼굴 보기 힘들었다. 집안에 일어난 변고 때문에 자식의 의무감 같은 것이 생겼는지 모르겠지만, 이미 네 얼굴은 대통령보다 낯설어진지 오래였다. 지난 일을 탓하자는 게 아니다. 그리고 탓을 한 적도 없다. 그건 너도 생각해보면 인정할 수밖에 없을 것이다. 효라든지, 봉양의 의무를 지운 적이 있었는지. 얼굴을 보이지 않는다고 비난한 적이 있었는지. 그런 건 바라지도, 섭섭해 하지도 않았다.

그러니 차라리 핑계 대지 말고 오지 않는 편이 좋았다.

자식이 부모를 어떻게 생각하든 부모에겐 자식의 행복보다 앞서는 건 없다. 그렇게 행동하지 못한 시간이 있었다면 미안하다. 그렇지만 미나를 잃었을 땐 힘들었다. 한동안 네 행복을, 기분을 돌볼 수가 없었다. 그때는 숨 쉬기조차 힘들어 안면수습도 하질 못했다. 네 앞에서 괜찮은 척할 여력까진 없었다. 그것까지 못 참아 내겠다면, 그런 아량조차 없다면 오지 않는 게 나았다

졸지에 닥친 사고. 너한테도 불행한 일이었겠지. 그 불행한 일이 만든 의무감 때문에 너는 왔다. 그렇게 와서 찾은 것이 겨우, 오지 않을 핑계,

였다니. 죽지 못해 살아 있는 허수아비 같은 늙은 부모한테, 우울해서 오기 싫다, 는 말은 하는 게 아니었다. 우울, 이란 말을 자식을 잃은 부모 앞에서 하는 건 아니었다. 더구나 자식을 키우고 있는 부모가 되어서.

부모 심장도 같은 물질로 되어 있다.

네 심장과 같이 쿵쿵 뛰고 있다.

그리고 하늘이 무너지는 일을 당한 사람이었다.

세찬 박동조차 힘겨워진 낡은 심장을 가진.

그러니 그 시간은,

감당할 수 없는 슬픔에 정신마저 혼미해진,

상처 입은 약한 인간으로,

봐주어야 할 세월이었던 것이다.

10

홍합죽이었다.

향이 좋았다.

냄비 뚜껑을 여는 금생의 마른입에 군침이 돌았다.

작은 상을 거실에 놓고 넷이 둘러 앉아 죽을 먹었다.

먹는 동안 슬픔은 거실 구석에서 얌전히 기다렸다.

현세와 금생은 달게 먹었다. 까칠한 얼굴에 죽이 한 숟갈씩 들어가자 생기가 돌았다. 어머니를 따라 온 아이도 얌전했다. 어린 아이가 투정도 없이 어른처럼 조용히 죽을 먹었다. 현세가 머리를 쓰다듬어도 쳐다보지 않고 죽만 먹었다.

아이와 여자는 한 시간쯤 머물다 돌아갔다.

배웅을 하고 현관문을 닫는데 한숨과 함께 눈물이 났다. 비참하진 않았다. 눈물은 났지만 그날은 살아있는 것 같았다. 살맛을 느낀 날이었다. 미나가 떠난 이후 처음으로. 그저 목숨이 붙어 있어 살았다는 걸 그 날 깨닫게 되었다.

낯선 여자의 방문이 좋았다고 하면 미륵은 어떤 얼굴을 할까. 생판 모르는 여자는 반갑고, 왜 아들의 방문은 달갑잖은지 물으면 뭐라고 답해야 할까. 그런 생각이 스쳤을 땐 어리둥절했다. 금생도 이해하기 어려웠다. 자신의 마음이지만 그랬다.

그렇게 시작된 여자의 방문은 1년가량 계속되었다.

그리고, 아주 서서히 멀어져 느끼지도 못하는 사이에 소식이 끊겼다.

언젠가부터 발길이 끊어졌고, 그 후론 가끔 전화가 왔고, 그러다 전화 연락도 오지 않았다. 적어도 금생과 현세가 살 수 있게 되었다고 판단했던 걸까. 그렇게 판단한 시점이 여자한텐 있었는지 모르겠다. 외출을 하고, 먹을거리도 챙기고, 식물도 돌보며 살아가게 되었으니까. 여자가 더 이상 오지 않을 때 현세와 금생은 그렇게 살고 있었다. 겉으로 보기엔 지극히 평범한 노부부의 일상으로.

그래도 부부는 여자와 단절되었다고 생각하지 못했다. 비록 1년 가까이 이어진 인연이었지만 부부는 지극히 수동적이었으니까. 여자의 방문을 일방적으로 받았을 뿐이고, 전화를 통한 연락도 그랬다. 사실 전화 연락은 끊겼다고 할 수 없는지도 모른다. 연락하는 틈이 길어지는 것일 뿐인지도.

***

초인종 소리다.

적막했던 집이 깜짝 놀란다.

미륵은 아니다. 미륵이라면 현관 비밀번호를 알고 있다.

비디오폰 화면에 낯선 여자의 얼굴이 있었다.

― 누구세요.

금생이 수화기를 들고 현관 밖 여자에게 말을 한다. 여자는 현세 이름
을 대며 그 집이 맞느냐고 묻는다.

― 맞는데 무슨 일이신지.

― 아―, 잠깐 들어가서 말씀드려도 될까요.

금생은 망설였다. 낯선 사람이다. 모르는 사람을 집에 들여 본 적은
없다.

무슨 일인지 모르지만 바빠서 안 되겠소.

이런 말이 나와야 했지만 금생은 화면을 보며 그냥 서 있었다. 그때
현세가 안방에서 나왔다.

― 누군데 그래?

모르는 여자, 라고 답하는 대신 금생은 현세를 외면하고 현관 쪽으로
갔다. 그 말을 내뱉으면 문을 열어주지 못하게 될 것 같아서였을까. 사
실은 현세 마음도 금생과 같았다. 초인종 소리가 반가웠던 것이다.

적막을 깨는 초인종 소리.

그 소리가 왜 반가웠던 걸까.

아무도 보고 싶지 않았고 문밖을 나가고 싶지 않았다. 부부는 그래서
은둔자처럼 살고 있었다. 미륵이 그 때문에 화를 내지 않았던가. 사람

사는 것처럼 살라고. 바깥출입도 하고 사람도 만나라고. 하지만 미륵의 소망은 철저히 무시되었던 삶이었다.

그런데 생판 모르는 사람의 방문을 반기고 있는 것인가.

젊은 여자가 어린 아이와 같이 서 있었다.

손에는 냄비가 들려 있다.

밀려들어오는 바람 속에 음식 냄새가 섞여 들어왔다.

– 죽을 끓였는데…….

여자는 들어오고 싶다는 말과는 달리 현관 앞에 그냥 서 있다. 그런데 열린 문으로 아이가 걸어 들어왔다. 여자 옆에 그림처럼 서 있던 사내아이였다. 아이를 보는 금생의 얼굴에 웃음이 지나간다. 자신은 느끼지 못하는 웃음이다. 아이를 따라가던 눈길을 들며 금생이 여자한테 말했다.

– 추운데 들어오세요.

여자가 들어오고 현관문이 닫힌다. 금생이 여자 손에서 냄비를 받아든다. 금생 뒤에 서있던 현세가 아이 손을 잡고 거실로 데려 간다. 여자는 냄비를 들고 주방으로 가는 금생을 따른다.

아무것도 묻지 않았다.

금생은 여자가 어떻게, 왜, 오게 되었는지 묻지 않았다. 여자도 설명하지 않았다. 죽이 이야기를 대신하고 있었는지도 모르겠다. 금생이 냄비를 식탁 위에 올려놓고 뚜껑을 열었다. 진한 홍합향이 튕기듯 주방으로 퍼졌다. 군침이 돌았다. 금생은 아직도 김이 올라오는 죽을 내려다보며 말했다.

― 맛있게도 끓였네.

둥근 소반을 거실로 가져와 상을 차렸다.
넷은 둘러 앉아 죽을 먹었다.
맛있는 냄새가 거실을 채우고 사람의 온기가 사방으로 퍼져나갔다.

죽을 먹은 뒤 금생이 사과를 내 왔다.
사과를 탁자 위에 내려놓은 금생이 포크를 잊어버렸다며 다시 주방으로 간다. 그 사이에 여자가 사과를 깎았다. 포크를 가지고 온 금생이 여자에게 과도를 넘겨달라고 했지만 괜찮다며 넘겨주지 않았다. 금생은 더이상 말리지 않고 여자가 깎게 두었다. 여자는 사과가 맛있어 보인다고 했다. 금생은 사다 놓은 지 오래 되어 씹는 맛이 살아있을지 모르겠다고 걱정한다. 현세는 아이의 머리를 쓰다듬으며 여자와 금생이 하는 대화를 듣고 있다.
어제도 있었고 오늘도 있는 일상의 모습이 아니다. 하지만 이상한 줄을 모른다. 처음 보는 모자(母子)와 같이 하는 시간이 낯설지 않다. 낯선 이들을 집으로 들여놓았을 뿐 아니라 같이 둘러 앉아 음식을 먹고 있다. 그 시간이 자연스럽다. 참 어색하고 낯설어야 하지만 그렇지 않다. 의문도 없는 시간이 흘러가고 있다.
흐르는 강물처럼 평화로운 시간이었다.

여자는 같은 아파트 단지에 사는 이웃이었다.

아니, 이웃이란 걸 그날 알았다. 이웃이라도 얼굴 마주친 적이 없으니 참 희한한 세상살이였다. 아파트 생활이 그랬다. 같은 건물에 몇 년씩 살아도 안면이 없는 경우도 허다했다. 그러니 서로 모른다는 사실이 이상한 일은 아니다. 그런데 그 여자를 모르고 살았던 게 왠지 미안했다. 그래서 금생의 대답이 그렇게 빨리 나왔는지 모르겠다. 집으로 돌아가려고 일어나면서 여자가 물었을 때였다.

— 또 와도 될까요?

— 그럼요.

말이 떨어지기 무섭게 금생은 그렇게 답했다.

여자는 말대로 며칠 뒤 또 왔다.

부모를 뵈러온 것 같다며 놀다 갔다. 딸처럼 생각해도 된다는 말도 했다.

그날은 여자 앞에서 울었다. 딸처럼, 이라고 하는 순간 갑자기 터진 울음이었다. 어떻게 해볼 새도 없이 미나가 가슴으로 뛰어 들어왔다. 터진 눈물 둑은 염치도 없었다. 아직 속내도 이름도 모르는 여자 앞에서 펑펑 울었다. 속이 시원해지도록 울었다. 우는 모습을 보이고 싶지 않아 외출도 꺼렸다. 언제 터질지 모르는 눈물을 들키고 싶지 않았다. 그런데 여자 앞에선 감추지 않고 울었다. 어떻게 그럴 수 있었는지 모르겠다. 나중에 생각해 보느라고 했지만 답을 찾았다고 하긴 어렵다. 어찌하였든 여자 앞에선 편히 울 수 있었던 그 마음이, 자신의 마음이지만 이상했다. 결국 마음을 설명해야 되는데 형체가 없는 마음을 설명할 재주는 없는 모양이었다.

여자는 말없이 앉아 있었다. 왜 우는지도 묻지 않았고 위로도 하지 않앉다. 문제는 아이였다. 아이가 따라 울었다. 소리가 없어 우는 줄도 몰랐다. 여자가 아이를 안고 등을 다독이는 걸 보고 알았다. 아이가 우는 것을 보고서야 울음을 그쳤다. 화장실로 들어가 세수를 하고 나오니 아이가 말간 얼굴로 앉아 베란다 화초를 보고 있었다. 울었던 흔적도 없는 평온한 얼굴이었다.

주기적인 여자의 방문이 이어졌다.

그리고 방문 이유도 듣게 되었다.

지하철 사고로 미나를 잃은 날, 여자는 텔레비전 뉴스에서 현세를 보았다.

애타게 누군가의 이름을 부르는 노인이 있었다고. 대신 대답이라도 해주고 싶을 정도로 안타까웠다고. 노인과 같이 울었고 노인이 그 이름을 부를 때마다 자기도 모르게 대답을 했다고. 뉴스를 통해 노인의 딸이 사고로 죽은 걸 알았던 것이다.

가까운 존재가 갑자기 사라지면 부재를 인정할 수가 없다.

인정하기 힘든 마음이 자꾸 헛되이 실체를 찾으려 한다.

그러다 사라진 자와 비슷한 모습에서라도 위안을 얻는 수가 있다.

어쩌면 그것이 충격을 줄이며 잊어가는 방법이 될 수도 있다.

여자는 노인에게 그런 존재가 되어야겠다고 결심했다. 노인의 주소를 수소문했고, 같은 아파트라는 사실을 알아내고 뛸 듯이 기뻤다. 자주 드나들 수 있겠다 싶었기 때문이었다. 한시도 눈을 뗄 수 없는 아들 때문에 멀면 곤란했다.

너무 많은 것이 보이고 들리는 길거리는 아들을 힘들게 하고,
그런 아들과 함께 있어야 할 여자도 마찬가지였던 것이다.

여자의 방문이 이어지는 동안 알았다.

미륵의 방문이 불편했던 이유를.

그의 마음엔 위로할 대상이 중심에 없었다. 미륵이 화를 내며 나가는
데 그 마음이 보였다. 미륵은 마음이 가난했던 것이다. 여유도 참을성도
관용도 없는 가난한 마음이었다. 쌓인 것이 없는 가난한 마음은 금방
바닥이 드러났다. 빈곤한 마음은 그보다 더 헐벗은 부모를 방문하는 순
간 바닥이 났다. 타인의 슬픔을 바라보고 위로할 영양분은 남아있지 않
았던 것이다. 그래서 미륵은 힘들었다. 그리고 절망에 빠진 부부의 마음
도 아들의 가난한 마음을 담을 여유가 없었던 것이다.

바짝 마른 두 마음은 닿기만 해도 덜그럭거렸다.

그런데,

여자는 위안이 되어 주려고 왔다. 자신의 마음을 챙기러 온 게 아니었
다. 자신을 비우고 온전히 부부의 마음을 중심에 두었다. 그래서 울고
싶은 마음을 담고, 하소연 하는 마음을 담았으며, 모난 마음도 담았다.
그 중심에 자신을 두지 않았기 때문에 지치지 않고 담아낼 수 있었던 것
이다.

그랬다는 걸 알았다.

여자는 자신의 아픔을 감추고 부부에게 왔다.

그 마음은 잊을 수가 없다.

마음은 갈라설 수가 없는 것이다.

그래서 연락이 두절되어도 마음을 가르진 못했다.

여자는 노부부 마음에 있었고,

마음이 있는 한 함께, 였다.

11

불협화음.

마음과 다른 소리는 조화롭지 않다.

미륵도 며느리도 마음과 다른 소리를 내며 서로를 원망하고 있다. 누구한테도 도움이 되지 않는 원망이다. 더구나 원망의 최고 피해자는 바로 그들 자신이다. 무엇을 얻기 위해 서로를 그렇게 비난하고 있는지. 아니, 무엇을 얻기 위해서가 아니라 무엇을 기피하고 싶어서이다. 다툼의 원인은 사실 인색한 마음이다. 그걸 감추느라 끝도 없는 원망을 하고 있는 것이다.

피하고 싶으면 그냥 피하면 된다.

비난받을 용기만 있으면 된다.

알고 있다.

비난도 피하고 싶은 것이다.

하지만 비난은, 그러니까 아들 부부한테 쏟아지는 비난도 사실 그들

것이 아니다. 비난은 비난하는 자의 인격의 값일 뿐이다. 자신의 값어치가 타인의 비난으로 결정되진 않는다. 그런데 어리석게도 아직 드러나지도 않은 비난에 대응하느라 자신의 인격을 오히려 더럽힌다. 미륵과 며느리는 서로의 인격에 흠을 내면서 세상의 의식까지 어지럽힌다는 걸 모른다.

그들의 어두운 의식이 주변을 서서히 잠식한다.

그 증거가 드러나고 있지만,

원망의 모래 바람 속에 갇힌 아들 부부 눈에는,

다른 세상이 잘 보이지 않는다.

그들의 두 딸이 이미 그런 부모를 외면하고 있다. 원망으로 서로를 비난하는 가정에서 멀어져가고 있다. 어두운 의식을 피해 달아나는 것이다. 본능적으로 살 길을 찾는 것이지만 쫓기듯 달아나는 길이 얼마나 안전할지 모르겠다. 청소년의 탈선이라는 것이 대개 탈 지옥에서 시작되는 것이다. 가정이 지옥이니 달아날 수밖에. 그리고 달아난 곳이 천국이 아니었던 것뿐이다. 가정이 주지 못했던 안전과 평화가 어디에서 팔을 벌리고 기다리고 있단 말인가. 마음이 편치 않다. 자매는 금생과 현세한테도 귀한 손녀다. 가정에서 달아나는 손녀의 옷자락에 이미 어두운 조각들이 달랑달랑 맺혀 따라가고 있다. 누군가에게 달라붙어 불협화음을 일으킬 혼돈스런 의식이.

안타깝다.

금생은 미륵과 며느리의 지옥 같은 마음이 안타깝다.

성과도 없이 더러운 채 덮어 둘 결과가 눈에 보인다. 결국 그들은 서로에게 책임을 떠넘기고 자신의 행동을 합리화하는, 가장 나쁜 결론 속에서 휴전을 할 것이다. 전쟁은 끝난 것이 아니라 휴전이다. 정확한 원인을 살피지 않고 끝낸 휴전은 언제든 다시 발발한다. 불씨가 제거되지 않은 재 속에는 몸을 숨긴 어둠이 보인다. 모락모락 모습을 드러낼 때를 조용히 기다리고 있는 검은 연기가.

  미륵과 며느리는 마음의 부채를 지고 있다.
  그럴 필요가 없었다.
  허황된 욕심이었다.
  내려놓으면 될 욕심을 기어이 지고 괜한 용을 썼다.
  아픈 부모 때문에 삶을 통째로 바치라는 법은 없다. 물론 그런 윤리도 없다. 그리고 부모는 결코 그걸 원치 않는다. 자식이 부모 때문에 쓰는 마음조차 안타까운 것이 부모다. 그런데 아들 내외는 마음이 쓰이는 것조차 힘이 드는 모양이다. 마음을 따라오는 행동이 거의 없다는 걸 모르는 모양이다.
  그건 사실이다.
  아들도 며느리도 마음만 쓰고 있었다. 행동이 있었다면, 서로를 탓하는 다툼으로 드러났을 뿐이다. 걱정하던 좋은 마음이 없진 않았지만 원망하는 다툼으로만 보여주었다. 누워있는 금생을 보러 오는 대신 저희 집에서 다투었고 기껏 찾아와서도 다툼은 계속되었다. 억눌린 목소리 속에 서로에 대한 원망이 타올랐다. 원망의 원인 제공자는 식물처럼 누워 지내는 금생이었다.

존재 자체로 원망의 표적이 되어버린 노파.

***

〈당신 부모 때문에 내가 이런 대접을 받아야 하겠어?〉

- 간병 비용은 보태야지.
- 그럴 여유가 어디 있어?
- 우리 집에 오는 파출부라도 여기로 오게 하자.
- 그럼 집안일을 혼자하란 말이야?
- 남들 다하는 걸 왜 못 해?
- 당신 부모 때문에 내가 이런 대접을 받아야 하겠어?

간병 비용으로 시작된 다툼이 커진다.

결국 며느리가 소리를 내지른다.

그나마 억눌려 나오던 소리는 며느리의 폭발로 점입가경.

맞는 말이다. 그런 일을 부모 때문에 하기는 어렵다. 자식을 위해서는 파출부라도 하겠지만 부모를 위해선 파출부를 부르지 못하는 것조차 억울하다. 바로 그게 며느리 마음이다. 그러한 마음으로 효도를 하자니 저렇게 불협화음이 일어나는 것이다. 물론 며느리를 그렇게 만든 사람은 미륵이다. 자신부터 돌아봐야 하지만 엉뚱하게 남 탓만 하고 있다. 책임 져야 할 사람이 오히려 책임을 묻고 있으니 며느리도 억울하다. 억울한 마음에 원망만 커진다. 서로에 대한 원망이 커지는 만큼 아량은 쪼그라들었다. 다투고 있는 둘의 마음엔 바늘 꽂을 자리도 없다. 사실 간병 비용이 문제가 아니다. 그건 인색한 마음을 감추기 위한 엄폐물일 뿐이다. 그렇지만 원망으로 온통 뒤죽박죽인 내면이 그걸 알아챌 수는 없다.

그것밖에 되지 않는 마음을 탓하자는 게 아니다.

다만, 착각하지 않았으면 한다. '효'란 굴레를 스스로 뒤집어쓰지 않았으면 한다. 차라리 그 마음을 직시했다면 서로 싸울 일도 없었고, 이렇게 와서 부모를 더 힘들게 하지도 않았을 것이다. 그런 잘못까지 저지르진 않았을 것이다.

금생이 쓰러지자 현세는 곧바로 행동했다.

달리 마음먹을 필요도 없이 몸을 움직였다. 물론 처음엔 쌀이 어디 있는지조차 몰랐다. 하지만 그게 대순가. 집안일은 유물을 발굴하는 고고학도, 모래밭에서 바늘을 찾는 일도, 바다 속에서 보물을 건져 올리는 일도 아니다. 하려는 마음과 마음을 따르는 행동만 있으면 된다. 서른 평 아파트를 뒤지는 데 하루면 충분했다. 매일 필요한 식량과 양념은 그날이 가기 전에 파악되었고 일주일이 되기 전에 모든 살림을 장악했다. 능숙해지기까지는 시간이 더 필요했지만 어떻게든 할 수 있었다. 어차피 사람이 하는 일이니까.

연금으로 간병인이나 파출부를 부르는 데는 무리가 있었다. 하지만 환자와 살림을 직접 돌보면 부족하지 않았다. 현세도 바보가 아니니 계산을 하고 행동했다. 그리고 생활을 꾸려나가는 데 별 문제가 없었던 건

물론이다. 비록 상황이 달라졌지만 노부부 가정은 엄연히 독립체였고 독자적으로 돌아가고 있었다. 당연한 일을 당연히 해나가고 있었다. 아들 부부의 도움을 넣어 계획을 세운 적이 없었다.

갑작스런 일을 당한 집은 노부부네였다.

그런데 불협화음은 아들부부 집에서 일어났다.

그것도,

아무도 원하지 않는 일을 두고.

아무 도움도 안 되는 일을 하면서.

***

늙은이가 짐짝은 아니다.

비록 느리게 움직이고, 느리게 말하고, 느리게 반응하지만, 누군가 옮겨야 하는 짐짝이 아니다. 참말로 효도라는 게 하고 싶다면, 효자라는 말을 듣고 싶다면, 생각부터 바꾸라고 부탁하고 싶다. 차라리 효자를 포기해라. 그것도 나쁘지 않다. 명함이 많이 필요한 사람이 사실은 명예가 가장 없는 사람인지도 모른다. 명칭은 많은 명함 중 하나일 뿐이다. 명칭에 마음을 묶어놓으면 그 마음은 지옥에 묶인다. 마음대로 할 수 없는 마음이 지옥이지 지옥이 따로 있는 게 아니다. 남에게 내보이기 위한 명함 따위 과감히 던져버리는 것이 차라리 마음을 명예롭게 지키는 길이다.

미륵아, 부탁한다!

네가 하지 않는 일을 아내가 하길 바라지 마라. 그리고 네가 원하는 풍경 속에 부모를 그려 넣지 마라. 부모를 모시고 사는 풍경은 네 눈에만 아름다울 뿐이다. 우리도 며느리도 그런 풍경을 그린 적도 바란 적도 없다. 그게 되지 않는다고 불평을 하고, 불평 가득한 눈으로 아내를 보고, 그것도 모자라 소리를 내지르고 있다. 소리만 내지르고 있는 것이다. 도대체 네 행동이 부모한테 어떤 도움을 주었단 말이냐. 지금 너는 부모를 위해 아무 하는 일이 없다. 그것만 알아채도 장하다. 욕망만 가득한 마음의 지옥 속에 있다는 걸 제발 깨달았으면 좋겠다.

진짜 효자는 행복하게 사는 자식이다.

행복한 모습으로 나타나는 자식이다.

네 막연한 욕망이 부모를 얼마나 슬프게 했는지 알까.

너희들만 나타나면 살아있는 게 욕이 되었다.

부모의 존재 때문에 다투는 자식.

그걸 눈앞에서 보고 있어야 하는 부모.

그보다 서글픈 불효가 있을까.

너희도 자식을 키웠다.

부드러운 것을 먹이고, 따뜻한 물로 씻기고, 젖은 기저귀를 재빨리 갈아주었겠지. 우는 것조차 안타까워 안아서 재우고 아프기라도 하면 밤잠을 설치는 것도 당연했겠지. 혼자 걷고 밥을 먹을 수 있는 날을 손꼽아 기다린 시간도 있었겠지. 그래서 애가 짐짝이었던가.

아무것도 못하는 존재라 짐스러웠던 적이 있었던가.

이런 질문을 받는 것조차 불쾌하다고?

부모로서 마땅히 해야 할 일이었다고?

의문을 가져본 적도 없다고?

마치 성역이 침범당한 기분이라고?

그런데 왜 거실에서 그렇게 싸웠던 것이냐. 늙은이는 마음도 없는 짐짝처럼 취급하더구나. 우린 네 부모다. 너를 그렇게 키웠던 부모였다. 그런데 듣고 있는 귀를 무참히 무시했다. 짐짝이 아니라면, 그렇게 생각 없는 말들이 그토록 적나라하게 오고갈 수가 있을까.

어째서 내가 눕자마자 너희끼리 싸움질을 했을까. 이건 우리 집에서 일어난 일이고 네 아버진 아직 온전히 기능하고 있다. 왜 의논도 없이 남의 집 일을 두고 싸움부터 했을까. 그래서 얻은 결론이 있었던가. 당사자에게 묻지도 않고 너희 둘이서 결론을 보려고 했단 말이냐. 그렇다면 우리가 짐짝이란 증거가 아닌가 말이다. 아님 늙은이의 판단력을 무시했거나.

젊지 않다는 건 기능이 젊지 않은 것이다. 혈기 왕성한 육체를 가진 사람에 비해 능률이 떨어진다는 것뿐이다. 그 능률이 인간을 차별하는, 인격을 나누는 잣대가 되어선 안 된다고 말하면 화를 내겠지. 그야말로 인격을 무시하느냐고. 결코 누구의 인격도 무시한 적이 없었다고. 물론 일부러 그런 행동을 하진 않았겠지. 하지만 억울하다며 화를 내도 어쩔 수 없다. 어차피 인격은 드러난 행동으로 판단된다. 모든 행동이 인격의 잣대가 될 수는 없겠지만 아주 중요한 감정 전달 방식이니까. 그리고 너희 행동은 결코 아름답지 않고 그런 행동이 부모를 향해 던져졌다. 그저 부모된 죄로 욕된 것을 삼켰을 뿐이다. 뱉어봐야 누워서 침 뱉기니까.

백보 양보해서,

넘치는 책임감으로 걱정이 지나친 나머지,

늙은 부모가 판단능력도 생활능력도 없는 어린애로 보였다면,

정말 그랬다면,

네 자식한테 해주었던 것처럼,

마음을 쓰고 행동으로 보여주어야 했다.

자식한테 그런 일이 생겼다면 어떻게 했을까.

부모 도움이 필요한 일이 생겼다면 어떻게 했을까.

부모 자신의 안위와 편의가 먼저였을까.

뛰어가지 않을 이유가 그렇게 많았을까.

도와주기도 전에 화부터 났을까.

발을 뺄 구실부터 찾았을까.

　그 대답을 바라진 않겠다. 하지만 마음먹고 시작한 쓴 소리를 그만둘
수는 없다. 어차피 아직 긴 삶이 남아 있는 너희를 위해 시작했으니까.
나한테 이제 남은 시간은 없다. 이승의 손길이 필요 없다. 그러니 무엇을
얻기 위해 개똥같은 잔소리를 늘어놓는 건 아니라는 말이다.

　'하나는 열을 꾸려도 열은 하나를 못 꾸린다.'

　'아비만한 자식 없다.'

　'효자가 악처만 못하다.'

　같은 뜻을 가진 속담이다. 얼마든지 더 나열할 수 있지만 열이나 백이
나 뜻은 같으니 그만하겠다. 무슨 말을 하고 싶은지 짐작된다 해도 잠시
판단을 미루어두었으면 한다. 결코 자식의 책임이나 도리를 강조하기 위

해 나열한 것은 아니다. 어쩌면 그 반대 이야기가 될지도 모르겠다.

속담의 이면을 들여다보면 다른 뜻이 보인다. 마냥 '효'를 선전하는 글귀가 아니다. 자식의 의무를 강조하는 말도 아니다. 깊이 음미해보면 진짜 뜻이 드러난다. 구호가 많은 것은 그만큼 실천이 어렵다는 뜻이다. 사람이 의도적으로 어떻게 할 수 없는 일이 있다고 넌지시 말하고 있다. 어쩔 수 없는 현상에 대한 깨달음의 표현이라고나 할까. 자식의 마음이 결코 온전하게 부모를 향할 수 없다는.

어찌 보면 자연의 섭리를 담아놓은 듯한 말씀이다.

〈아마 네 자식도 네 마음을 헤아리진 못할 것이다. 지금 너처럼.〉

이라고.

그렇다면,

네 자식들도 너희 마음을 헤아리진 못할 것이다. 지금의 너희처럼.

당연하다. 속담의 참뜻을 보면 그렇다. 빈정대려고 하는 말이 아니다. 불효의 삶이 차라리 순리라 할 수 있을지도 모른다. 다만, 그걸 인정할 수 없는 마음이 문제일 뿐이다. 행동과 다른 마음이 문제란 뜻이다. 그것도 허영이다.

그러니 효자를 포기해라.

너희를 과대평가하지 마라.

진짜 효자가 되고 싶으면 차라리 솔직해라.

그래야 너희도 평온하고 우리도 평온하다.

너희가 아닌 사람으로 평가받기 위해 애쓰지 말았으면 좋겠다. 누구한테도 득이 되지 않는 일에 마음과 몸이 상하지 말았으면 좋겠다. 행동이 따르지 않는 마음으로 끝도 없는 싸움을 계속하고 있는 너희가, 우리 처지보다 더욱 안타깝다. 부모라 할지라도 행동한 자의 결과까지 책임져 줄 수는 없다. 냉정하게 들리겠지만, 이것은 우주만물에 적용되는 섭리일 뿐이다.

이런 일이 생기지 않았으면 제일 좋았겠지만 생기고 말았다.

한 집안의 안주인이 쓰러진 일이다.

하루아침에 모든 일상에서 멀어진 여자. 그리고 여자의 달라진 일상과 새로운 일상을 떠맡게 된 남자. 그 여자와 남자가 네 부모였다. 부모를 바꿀 수 없으니 너희 처지도 달라질 수 없다. 안타깝지만 그게 현실이다.

***

너희의 원망하는 기운에 휩쓸리지 않으려고 애썼다.

그것만이 너희한테 해줄 수 있는 내 유일한 능력이었으니까. 나는 온전하고 평온한 의식으로 머물렀다. 평온한 의식이 너희에게 닿기를 바랐다. 그래서 적어도 내 곁에 있을 때만이라도 조화로운 기운 속에 있도록 기원했다. 욕망을 버렸지만 그때만은 욕망했다. 자식의 욕망이 사라지길 바라는 욕망을.

미륵아.

욕망하는 것만으로 인격이 높아지진 않는다. 의식이 마음과 조화를 이루었을 때 그렇게 되는 것이다. 그게 승화다. 시간이 날 때마다 네 마음을 들여다보기 바란다. 고요하게 내면을 들여다보면 거짓된 마음도 드러날 것이다. 물 위로 떠오르는 기름처럼.

거짓을 거두어내었을 때 비로소 의식 차원이 높아진다. 온전한 의식은 이기적인 욕망을 비운 자리에서 성장하고 비로소 다른 의식에 영향을 미칠 수가 있다. 마침내 차고 넘치게 된 의식은 너를 둘러싼 주변 의식과 같이 상승한다. 상승한다는 말은 네가 온전하고 평온한 의식 세계에 존재하게 되었다는 뜻이기도 하다. 드디어 차원 높은 세계가 열린 것이다.

좀 더 일찍,

좀 더 빨리,

그런 세계로 나아가기를 바란다.

그래야 부모의 죽음이,

네 의식을,

병들게 하지 않을 것이기 때문에.

12

곡기가 끊어지고 하루가 지났다.

금생의 기력은 빠르게 소진되었다.

미음으로 목숨을 이어온 지 1년이다. 쌓여 있는 기운이 있을 리가 없다. 그러니 소진되는 시간은 길지 않다. 이제 금생의 몸도 현세와 같아진다. 같은 차원의 몸이 된 것이다.

더 이상 힘겹게 삼킬 일이 없어진 금생의 입술은 평온하다.

미음 한 숟갈도 받아 넘기기 힘들었던 시간은 사라졌다. 감각되지 않았던 본래의 자리로 돌아가 완전해졌다. 그 완전한 시간은 아무것도 드러내지 않은 채 절대 고요 속에 있을 것이다. 감각 기관이 어떤 의식을 끌어들이지 않는 한.

절대 고요의 세계로 돌아온 노부부.

둘은 드디어 자유를 얻었다. 완전한 자유를.

의식은 드디어 몸에서 자유로워져 감각의 구속을 벗어났다. 아픔과 슬픔과 흥분과 충동은 평온 속에서 진동했다. 더 이상 그들을 자극하지 못했다. 감각의 자극을 뛰어넘은 기쁨이나 슬픔은 그저 찰랑대는 물결일 뿐이었다. 물결은 담담한 일렁임으로 의식을 스쳐간다. 마침내 평정을 잃지 않고 감각을 즐기는 의식에 닿게 된 것이다.

금생과 현세가 누워있는 침대.

끊임없이 공기를 끌어들이고 내뱉던 호흡이 사라진 공간.

들숨과 날숨이 사라진 몸은 무얼 하고 있을까.

들숨과 날숨의 파동이 끊어진 대기는 무얼 하고 있을까.

몸을 이루던 피부와 대기의 경계가 사라진다. 몸과 대기 사이에 대화합의 소통이 이루어지고 있다. 피부로 스며드는 대기와 대기 속으로 스며드는 몸.

조용하지만 격렬한 화합이다.

어두워진 방에 나타난 빛.

침대 주변으로 반짝이는 빛이 떠돈다.

저항 없는 피부와 하나가 되는 대기의 흔적이다. 아니, 존재의 흔적이다.

존재의 흔적인 빛조차 사라지면 부부의 몸은 더 이상 이승 사람들 눈에 보이지 않게 된다. 시간이 걸리지만 결국은 사라진다. 하지만 그렇게 되기 전에 사람들 눈에 드러나게 되어 있다. 그곳이 인적이 없는 사막이나 숲이 아니라면. 그리고 부부의 침실은 아파트 숲 한가운데 있다. 어차피 아무도 모르게 사라지긴 틀린 공간이다. 존재의 빛이 사라지기 전에 먼저 강렬한 분해의 냄새로 사람들을 끌어들일 것이다.

그렇지만 그렇게 되도록 두지 않는다. 온전한 모습인 채로 드러나기를 원한다. 부부는 아들에게 처참한 기억을 남겨 주고 싶지는 않다. 그래서 지독한 냄새로 사람들을 놀라게 하기 전에 자신들의 죽음을 알릴 것이다.

죽은 자가 어떻게 알릴 것인가.

그건 아직 몸이 살아있는 자들의 걱정이다. 다른 차원의 세계로 옮겨 간 부부에겐 다른 소통 방법이 있다. 그들의 의식을 전달받을 자가 이 세상에 있다는 뜻이기도 하다. 아니, 의식은 이미 모든 곳으로 전달되었다. 다만, 모든 사람이 그 '모든 의식'을 의식하지 못할 뿐이다.

한번 의식된 것은 사라지지 않는다.

모든 의식이 언제나 있는 곳.

의식의 숲.

그곳이 의식의 원래 자리다.

느낄 순 있지만 가져갈 수는 없는 것.

누구나 의식할 수 있지만 누구도 소유할 수 없는 것.

그래서 감각되기만 하면 표현도 될 수 있는 의식.

감각하는 순간 춤으로, 노래로, 이야기로 바뀔 수 있는 의식.

부부의 모든 의식도 이제 의식의 숲에 있다. 누군가에게 감각될 의식으로.

한때는 생동했던 몸으로 감각하였다.

이제 아름답게 생동했던 몸은,

평온한 의식으로 바뀌었다.

의식만으로 존재하게 되었다.

그 의식이 누군가에게 의식되기를 기다리고 있는 것이다.

***

잊어버릴까봐 무섭다 그랬다.

늘 기억이 사라지는 걸 두려워했다.

그러나 정작 모든 걸 잊어버렸을 땐 무섭다는 것이 무엇인지도 모르게 되었다. 모든 것은 까맣게 없는 것이 되어 버렸으니까. 없는 것은 잊힐 수도 사라질 수도 없었다. 그냥 아무것도 아닌 것으로 돌아간 것이다.

두려움은 생각 속에 존재했다.

모든 것은 생각이란 경계가 만들어낸 것이었다. 그것을 몰랐을 때, 교만하게 단정 짓고 판단할 수 있었다. 생각이 만든 경계로 철옹성을 지었으니까. 척도하는 자가 있어야 길이를 잴 수 있지만 그 자는 이미 경계였다. 선악의 기준이 있어야 좋고 나쁨을 판단할 수 있지만 그 기준이 이미 경계였다.

오랫동안 경계, 라는 유리 상자 안에 갇혀 있었던 것이다.

상자 안에서 활개 치는 그들한테 유리는 보이지 않았다.

그렇지만 활개를 치다 부딪치는 유리벽이 판단 기준이 되었다.

유리벽 밖의 세상은, 없는 것, 허황된 것.

그것을 말하는 것은, 미친 짓, 아니면 잘못된 것.

없었던 것이 아니라 보지 못했지만,

볼 수 없었던 모든 것은 잘못되거나 없는 것이었다.

그래서,

무지가 무엇인지도 모르는 무지 속에 살았다.

정말 슬픈 것은 무지, 자체였지만 보이지 않았다.

그래서 눈을 감은 채 행복을 찾아다니고,

잠에서 깨면 사라질 꿈에 매달려 울었다.

이제,

경계는 사라졌다.

생각도 사라졌다.

슬픔도 떠나갔다.

그렇다고 모든 것이 無로 돌아갔다는 뜻은 아니다.

모든 것은 의식할 때만 존재한다는 뜻이다.

그 말은,

의식하지 않으면 아무것도 아니란 뜻이기도 하다.

노부부를 떠난 슬픔이,

감각의 기억이,

누군가에게 인식될 수 있을까.

그들이 떠나고 난 세상에서도 살아 움직일 수 있을까.

살아 움직인다면 어떤 방식으로 존재를 드러낼까.

13

인레 호수에 도착했을 때는 석양 무렵이었다.

호텔은 호수에 목책을 세우고 수상 방갈로 양식으로 지어 놓았다. 호수 위에 줄지어 앉아 있는 방갈로가 수면에 거꾸로 비치어 어른거렸다. 동화에나 나올 듯한 지붕이, 뾰족한 예쁜 집이 그림 같았다. 하늘이 붉게 내려앉은 호수가 그림 같은 방갈로를 더욱 신비롭게 담아내었다.

호텔로 들어가기 위해선 호수 위에 놓인 나무다리를 건너야 했다.

다리를 건널 때부터 미나는 이미 흥분했다. 물이 찰랑대는 다리 위에서, 어머나, 감탄사를 연이어 부르짖더니, 오직 그들만을 위한 집으로 통하는 다리라는 걸 알고는 돌고래 소리를 내질렀다.

호텔이 어떻게 단독주택이에요?

그 말을 몇 번이나 했는지 모른다. 답이 궁금했던 건 아닌지 대답할 시간도 주지 않고 계속 떠들었다. 그래서 수상 호텔이 처음인 현세와 금생도 같이 감탄만 하며 다리를 건넜다.

드디어 그들만의 방갈로에 당도했고,

미나가 먼저 문을 열고 뛰어 들어갔다.

- 엄마, 아빠, 내가 공주가 되었어요!

호텔 안에서 환희에 가득 찬 소리가 터져 나왔다.

무얼 보고 저러는 것일까.

현세와 금생이 마주 보고 웃으며 안으로 들어선다.

수상 호텔은 겉모습도 그림이었지만 실내도 못지않았다. 특히 화려한 장식의 커다란 침대가 방 분위기를 지배했다. 화장실 외에 따로 공간 구분이 되어 있지 않은 넓은 방에 침대 두 개가 나란히 놓여 있었다. 둘 다 아주 넓은 침대였지만 상대적으로 작은 침대 앞에 미나가 서 있다.

미나가 감탄한 침대는 영화에서 보던 공주 침대가 틀림없었다.

높은 천장에서 늘어뜨려진 하늘거리는 휘장. 침대를 둘러친 잠자리 날개 같은 휘장만으로도 이미 마음을 들뜨게 하기에 충분했다. 흰 색의 얇은 휘장 안으로 화려한 장식의 침대가 은은히 들여다보였다. 침대보와 이불과 베개는 온통 붉은색 비단. 자세히 보면 붉은 꽃으로 빈틈없이 수를 놓은 천이지만 휘장 밖에서 보면 붉디붉은 석양의 바다처럼 보였다.

얇은 휘장을 들치고 들어간 미나가,

첨벙,

붉은 바다 가운데 몸을 던진다.

- 엄마, 아빠도 빨리 누워보세요. 정말 푹신해요.

부부 침대는 둥근 탁자를 사이에 두고 미나 침대와 나란히 놓여 있다. 같은 휘장이 늘어진 그곳은 푸른 바다다. 이불도 베개도 온통 짙은 초록

꽃으로 뒤덮인 비단이었다. 부부는 휘장을 걷고 침대로 들어가 미나처럼 첨벙 푸른 바다에 몸을 던진다.

외국 여행 가고 싶다고 노래를 했던 미나의 소원이 드디어 이루어졌다.

방학을 이용해 외국으로 단기 어학연수를 다녀오는 학생들이 많아졌다. 물론 부모를 따라 해외여행 다니는 일도 흔해진 세상이었다. 방학이 끝나고 개학을 하면 미나는 한동안 해외여행 이야기에 집중했다. 친구들은 방학만 되면 어학연수니 문화탐방이니 하며 해외로 나가는데 언제 갈 수 있냐고 졸랐다. 떠나게 될 때까지 졸랐으니 꽤 오래 떼를 쓴 셈이다.

사실 해외여행 노래를 시작했을 때 이미 계획을 세워두었다. 가는 시기까지 정해져 있는 걸 미나만 모르고 있었다. 애를 태우려는 의도는 없었다. 정반대였다. 혹시 계획이 틀어지면 실망하게 될까 걱정스러웠기 때문이었다. 사람 일을 어떻게 알겠는가. 날짜를 미리 말해두면 오매불망 기다릴 것이고, 만약 예기치 못한 일로 무산된다면 그 실망은 또 얼마나 야단스러울까. 큰 실망에 빠지게 되는 상황은 막고 싶었던 것이다.

그래서 미리 말하지 않았고,

소원을 이루기 위한 미나의 야심찬 공격은 계속되었다.

몇 년을 졸라댔지만 방법은 단순했다. 울상을 짓거나 애교로 공격하는 정도였다. 물론 울상도 애교도 진짜 공격이 될 수는 없었다. 굳이 막을 생각이 없었으니까. 미나의 공격은 부부가 마냥 두고 즐긴 재롱일 뿐이었다.

슬픈 표정을 지으며 말을 아끼는 미나를 보고 있으면 웃음을 참기 힘들었다. 잠시도 말을 안 하곤 못 배기는 아이다. 그런 애가 억지로 입을 다물고 있자니 슬픈 표정이 제대로 나올 리 없었다. 달싹이는 입을 꼭 잡고 눈을 깜박거리며 안절부절못했다. 말만 하지 않으면 슬프다고 생각하는 사람은 세상에 미나밖에 없을 것이다. 슬픈 연기를 하다 먼저 지치는 쪽은 물론 미나였다. 부부가 모른 척 다른 일을 하고 있으면 5분도 못 가 공격 방법을 바꾸었다. 끊임없이 말을 하며 조르는 것으로. 하루 종일 떠들어도 지치지 않으니 미나도 그 방법이 쉬웠을 것이다.

공격은 엉뚱한 이야기로 끝나기 일쑤였다.

여행 다녀온 친구들 이야기로 포문을 열고 다음엔 가고 싶은 나라를 나열했지만 끝은 삼천포였다. 나중엔 자기가 무슨 말을 하고 싶었던 지도 잊어버린 채 그저 이야기에 열중했다. 이야기의 끝이 텔레비전 드라마가 되기도 하고, 먹고 싶은 음식이 되기도 했으며, 좋아하는 선생님이 되기도 했다. 아무튼 미나의 무섭지도 불편하지도 않은, 오히려 없으면 지루해질 즐거운 공격은 어느 날 끝이 났다. 현세가 퇴직한 뒤였다.

미나가 여행 이야길 꺼냈을 때 그렇게 결정해 두었다.

부부는 시간에 쫓기지 않는 여행을 하고 싶었다. 그러려면 기다려야 했고, 그 시기가 미나가 느끼기엔 아주 멀 수도 있었다. 그리고 사람이 하는 일에 확실, 이란 말을 붙이긴 어렵다. 시기를 정해놓았지만 말을 아낀 이유이기도 하다. 그래서 현세가 퇴직을 하고 비행기와 숙소 예약이 끝났을 때야 미나한테 알렸다.

미적지근한 사고가 미적지근한 결과를 낳을 것이라 생각하는 사람이 있다면 부부의 태도가 답답할지도 모르겠다. 그렇게 보여도 어쩔 수 없는 것이, 현세와 금생은 이미 나이가 들었고, 그 나이만큼 인생을 겪었고, 겪은 만큼 장담할 일이 줄었을 뿐이다.

　어찌되었건,

　중학생이 되면서 졸랐던 여행은,

　졸업을 앞두고 이루어져,

　지금 미얀마 인레 호수에 있게 된 것이다.

　노을에 젖은 호수는,

　자지러지는 미나의 웃음에 더욱 붉어지고 있다.

　미나는 제대로 말을 하기 전부터 종달새였다.

　옹알이도 유난했으니까. 뜻도 모르는 소리를 하루 종일 새처럼 지저귀고 눈앞에 사람만 얼쩡거려도 얼굴엔 웃음꽃이 피었다. 초등학교에 들어가서도 중학생이 되고도 떠들썩한 건 여전했다. 학교에 갔다 오면 그날 있었던 일을 죄다 고하느라 바빴고 바쁜 아침에도 간밤의 꿈 이야기까지 마쳐야 했으니 쉴 새가 없었다. 어쩌면 미나의 쉼 없는 조잘거림보다 신기했던 건 부부의 눈과 귀였는지도 모르겠다. 하루 종일 지껄여도 그저 흐뭇하게만 들렸고 보고만 있어도 웃음이 나왔으니.

　현세와 금생에게 미나를 대신할 어떤 비슷한 기쁨도 없었다.

　종일 들어도 물리지 않는 새소리가 있다 해도, 아무리 들어도 부드럽기만 한 개울물 소리가 있다 해도, 보고 또 봐도 지치지 않는 꽃이 있다 해도, 미나 자리를 넘볼 수는 없었다.

　욕망하지 않아서 얻은 기쁨이란 걸 그때는 몰랐다.

오로지 감각 기관을 열어 놓은 결과라는 걸 그때는 몰랐다.

어떠한 다른 욕구도 끼어들지 않았던 덕이라는 걸 그때는 몰랐다.

의식이 활짝 열려있던 시간이었다.

열린 마음으로 받아들인 감각의 즐거움이었다.

찬란하게 감지된 감각은 욕망이란 사족을 끊어버렸고, 욕망이 끊어진 감각은 의식의 차원을 높였고, 티 없이 가벼워진 순수의식이 불손함을 밀어내며 우주를 정화시켰다. 순수했던 그들의 시간은 그래서 값진 것이었음에 틀림없다. 순수한 기쁨만이 의식의 본질이니까. 모든 의식은 본질인 기쁨으로 향해 가야 하니까. 결국은 의식이 나아가는 여정이, 곧 삶의 여정이니까.

하여튼 찬란했다.

미나와 함께였던 현세와 금생의 삶이.

햇살이 부서지는 인레 호수가.

호수에 떠있는 진흙의 농토에서 익어가는 붉은 토마토가.

인따족의 건강한 볼에 스치는 바람이…….

인레 호수에 오기 전엔 바간에 있었다.

불탑이 남해 다도해의 섬처럼 흩어져 있는 곳이었다.

안개가 피어오르는 평지의 숲 여기저기에 앉아 있는 붉은 탑들은,

존재 자체가 기도처럼 보였다.

금생과 현세는 특정한 종교가 없고 미나도 그랬다. 교회도 절에도 성당에도 다니지 않았다. 그렇다고 그들이 기도를 모르진 않았다. 기도는

마음이 하는 일이니까. 종교라는 이름이 있기 전에도 기도는 존재했고 그들도 종교와 상관없이 기도했다.

그들은 한 탑에 올라 바간을 내려다보고 있었다.

가파른 계단을 기다시피 하며 올라선 불탑이었다.

눈 아래 펼쳐진 풍경에 말을 잊었다.

초록의 숲.

숲 속 여기저기 앉아 있는 수많은 붉은 탑.

수풀과 탑 사이로 향불처럼 피어오르는 안개.

그 순간엔 미나도 입을 다물었다. 말을 하면 안 되는 순간이었다. 탑과 교감하는 순간에, 탑을 만든 사람들의 영혼과 교감하는 순간에, 순수한 의식만이 필요한 순간에, 말은 필요하지 않았던 것이다.

말은, 완벽하지 않을 뿐 아니라 잘못 전달될 확률이 높은 아주 불완전한 수단이다. 아무리 유능한 언어의 마술사가 온다 해도 느낌을, 마음을, 의식을 온전히 표현할 수는 없다. 완벽하게 표현하고 싶다면, 감동이 클수록, 말을 끊는 것이 가장 좋은 방법이다.

세 사람이 그 순간 그걸 깨닫고 침묵했던 건 아니다.

완벽하게 표현하고 싶은 욕망이 없었기 때문에, 욕망이 그들을 조정하지 않았기 때문에, 차라리 그런 결과가 나왔다고 할 수 있다. 욕망은 허영의 다른 이름이고 그들 마음속엔 그 순간 허영이 자리하지 않았다. 허영이 존재할 필요가 없을 만큼 서로에게 벽이 없는, 열려 있는 순간이었으니까.

그래서,

셋은,

말없이,

그 순간에 온전히 몸과 의식을 맡길 수 있는 기쁨을 누렸다.

그날은 하루 종일 바간에 머물렀다.

그리고 오후엔 나귀가 끄는 수레를 탔다.

걸어서 보기엔 너무 광대해 주마간산이라도 하자는 뜻이었다.

해가 저물고,

저무는 해를 뒤로 하고 수레는 탑의 숲을 지나갔다.

셋은 수레 끝에 나란히 앉았다. 나귀는 동쪽을 향해 느릿느릿 걸었고, 그들은 해가 지는 서쪽을 향해 앉아 있었다. 숲 사이로 붉은 탑이 천천히 물러나고 석양에 물든 흙길이 낮은 먼지를 일으키며 수레를 따랐다.

수레가 흔들리고,

붉은 노을이 흔들리고,

어깨를 대고 앉은 서로의 몸이 흔들린다.

그리고 마침내 천지가 같은 빛.

시간과,

물상과,

생각까지.

모든 것을 물들이며,

석양은,

존재의 역할에 충실했다.

***

– 정말 푹신하지요?
미나의 웃음소리에,
붉은 바다가 출렁이고,
얇은 휘장이 펄럭인다.

– 그렇구나!
침실에 퍼지는 웃음!
그런데,
푸른 바다는 어디로 갔는가.
펄럭이는 휘장도 없다.
움직이는 것이 없다.
하얀 침대엔 노부부가 누워있다.
그들의 몸은 미동도 없다.
움직일 필요가 이제 없다.
마음대로 움직이는 마음만으로 충분한,
의식 세계에 있게 되었으니까.

14

노인의 기억이 떠나가고 있다.

소년은 그것을 본다.

기억이 보이느냐고?

소년이 본다는 것은 때로 사람들과 다르다. 그러니 표현을 달리 해보자
면 감지한다고 해야겠다. 소년의 감각이 노인의 기억을 감지하고 있다고.

노인을 이루고 있었던 기억이 흩어진다.

홍합죽을 먹던 기억이.

무성한 갈대의 흔들림이.

유연하던 금생의 몸놀림이.

상심으로 시들어가던 마음이.

소년은 감당하기 힘들다. 너무 많은 것을 감지하느라 혼란스럽다. 그
래서 그만 울음이 터진다. 소년은 노인을 알아보지만 기억이 사라지고
있는 노인은 소년을 알아보지 못한다. 낯선 아이가 울고 있을 뿐이다.

시간이 얼마 남지 않았다. 곧 노인의 모든 기억은 사라질 것이다. 모든 기억이 사라진다는 것은 어떤 의미일까. 의식의 해체로 말미암은 형태의 해체. 그렇다. 죽는다는 뜻이다.

노인은 **빠르게** 죽어간다.

햇살 아래 앉아 있는 노인의 몸이 희미해지는 것이 그 증거다.

햇살을 맞이하러 아파트 단지 중앙 뜰로 나온 노인.

하지만 도리어 햇살과 바람이 노인을 맞이하고 있다. 대기 속으로 스며드는 노인의 기운을 아무런 방어 없이 받아들이고 있다. 기쁨도 노여움도 어떤 욕망도 없이 받아들이고 있다. 자연의 섭리엔 욕망이 없다. 어떤 행위와 어떤 변화 속에도 욕망은 없다. 심판도 조건도 없이 흘러간다. 인간이 내린 심판과 인간이 정한 조건은 인간 사이에서만 복닥거린다. 섭리 안에서 그 모든 복닥거림은 무의미하다.

소년의 울음이 격렬해진다.

슬퍼서 우는 것은 아니다. 기쁨이 넘쳐나는 것도 아니다. 슬프다고 할 수도 없지만 기쁜 것과도 다르다. 하지만 감지되는 것은 요동치고 있다. 강렬한 감각에 떨리고 있다. 너무 힘찬 요동에 온몸이 흔들린다. 마음도 피부도 심장도.

이러한 감각을 말로 전달하는 건 불가능이다.

사람들이 말로 하라고 할 때마다 소년은 절망했다.

도대체 말이 무엇을 할 수 있단 말인가.

혀가 느끼는 사탕의 맛을 어떤 말로 전해야 할까. 소나기처럼 온 몸으로 쏟아지는 새의 지저귐을 무슨 말로 표현해야 할까. 시시각각 모습을 바꾸면서 흘러가는 구름을 그저 보기만 하면 안 되는 걸까. 보는 것이 곧 듣는 것이 아닌가. 듣는 것이 곧 알아먹는 거 아닌가. 알아먹고 고개를 끄덕이는 건 말이 될 수 없는가. 고양이털이 얼굴을 간질이는 느낌을 담아낼 말이 있기나 한가. 더구나 감각이 한꺼번에 밀려오면 그 느낌을 어떻게 말로 할까. 새가 지저귀는 소리가 예쁘기도 하고 구름이 피부에 차갑게 와 닿기도 하며 고양이털이 달콤하기도 한 마당에, 어떤 말이 그 감각을 대신할 수 있단 말인가.

이 엄청난 모든 감각을 말로 해 보라니.

당치도 않는 소리다.

온몸으로 느끼는 감각을 전달할 수 있는 말을 소년은 알지 못한다. 사람들도 알지 못한다. 지금까지 찾아내지 못했다. 만들어내지도 못했다. 그런 방법이 있다면, 그래서 말로 했다면, 소년도 알아들었을 것이다. 순수한 의식이 말로써 표현되어 나온다면 알아듣지 못할 수가 없다. 아무리 많은 소리가 섞인 가운데서도 똑똑히 구별되어 다가온다. 하지만 그런 말은 많지 않다. 말 속에 너무 많은 헛말이 들어있다. 뚜렷한 뜻도 없고 마음도 없고 정기도 없는 헛말이 춤추듯 섞여 날리는 곳에 있으면 정신만 혼미해진다. 그 속에는 배울 것이 많지 않았다. 그래서 소년은 말로 감각을 제대로 전달하는 방법을 알지 못한다. 배우지 못했으니 할 수도 없다.

그나마 피아노는 말에 비하면 나은 편이다.

그래서 피아노로 감각을 전달하는 방법을 소년은 터득했다. 높은 소리와 낮은 소리를 이용할 줄 알게 되었고, 강하고 약함을 조절할 줄 알게 되었고, 빠르기를 다스려 감정을 표현할 줄 알게 되었다. 섬세하게 조절되는 음으로 바람소리, 새가 노래하는 소리, 꽃이 피어나는 소리도 나타낼 수 있었다.

그러나 지금 소년 앞에는 피아노가 없다.

감당하기 힘든 감각 속에 속수무책으로 서 있을 뿐이다.

표현하지 못하는 괴로움이 극에 달했을 때 소년의 어머니가 뛰어와 소년을 안았다. 소년은 어머니 품에 얼굴을 묻었다. 떨림이 어머니 가슴으로 흡수된다. 감각의 홍수는 여전하지만 어머니의 심장 소리와 같이 흔들리고 있으니 날선 느낌이 둔해진다. 등을 토닥이는 손길과 규칙적인 어머니의 심장소리. 토닥거림과 심장의 고동이 소년의 의식을 가만가만 두드린다.

소년의 흐느낌이 한결 순해진다.

이제 곧 여자는 소년의 손을 이끌고 집으로 들어갈 것이고, 소년은 피아노 앞에 앉을 것이다. 반복되었던 일이 습관이 된 것이다. 그건 이제 상상할 필요도 없는 현실이다. 감각의 홍수에 몸살을 앓고 난 뒤에는 피아노가 진정제가 되어 주었다. 그건 여자도 알고 소년도 알고 있다.

피아노가 소년을 기다리고 있다. 소년도 피아노가 몹시 그립다. 표현되지 못했던 감각이 소년의 손가락으로 몰린다. 감정으로 충만한 손가락들이 어머니를 안고 있는 등에서 움직이기 시작한다. 여자의 등에서 피아노가 울린다. 손가락들이 건반을 치듯 등을 두드린다.

소년의 흐느낌이 완전히 멎었다.

여자는 안고 있던 팔을 풀고 소년의 손을 잡는다.

손을 잡은 모자는,

아무 일도 없었던 듯 집으로 향한다.

***

〈노인의 기억이 춤을 추고 있다.〉

금생이 춤을 춘다.

빠르게 흔들리는 엉덩이.

엉덩이에 묶인 스카프 수술이 엉덩이보다 더 현란하게 움직인다. 찰랑찰랑, 스카프에 달린 방울도 질세라 시끄럽다. 미나가 웃는 소리보다 더 높게, 미나가 말하는 것보다 더 빨리 울린다. 미나는 보지 못한 금생의 춤. 미나를 키우면서 잊어버린 춤을 금생은 추고 있다. 취미로 시작했지만 한때는 공연을 다닐 만큼 열심이었다. 하지만 현세는 금생의 춤을 직접 본 적이 없다. 공연 영상을 통해서 보았을 뿐이다. 무대 화장을 한 금생은 활짝 웃고 있었다. 춤추는 내내 웃고 있었다.

유연한 허리와 물결처럼 부드러운 팔이 그녀였다.

가벼운 발놀림과 날렵한 어깨가 그녀였다.

반짝이는 입술과 웃고 있는 뺨이 그녀였다.

그녀의 어느 곳에도 자식은 없었다. 남편도 없었다. 그녀의 모든 것이 그녀였다. 춤을 추고 있는 여자는 춤추는 여자일 뿐이었다. 현세는 춤추는 여자를 좋아했다. 아내가 아닌, 어머니가 아닌, 춤을 추는 여자의 즐거움을 사랑했다. 그러나 그런 마음을 표현하진 못했다. 말하지 않아도 아는 줄 알았다. 아니, 말하지 않아도 알아주길 바랐다. 표현하려는 마음보다 알아주길 바라는 마음이 언제나 이겼다. 그래서 결국 그 마음은 여자에게 알려지지 않은 채로 끝났다. 현세의 마음은 현세 안에서 사그라지고 말았다. 금생의 마음으로 옮겨가 더 큰 기쁨으로 폭발하는 기회를 갖지 못했다.

폭발하지 못한 기쁨이,

이제 기억 속에서 폭발하고 있다.

♪ 피아노 선율이 금생의 화려한 춤을 노래하고 있다!

♬ 소년의 손가락이 피아노 위에서 현란한 춤을 추고 있다!

현세가 다급하게 전화번호를 누르고 있다.

3개의 숫자가 떨리는 손가락 아래 차례로 닿는다.

하지만 1, 1, 9, 는 몇 차례나 잘못 눌려진 뒤 제대로 연결되었다.

금생은 거실 바닥에 있다.

베란다에서 옮겨왔지만 의식이 없다.

햇빛이 쏟아지는 베란다에서 거실로 데려다놓는데 진땀이 났다. 혼자 힘으론 그것조차 힘들었다. 현세는 노인이었다. 처져있는 금생을 안아들려했지만 마음대로 번쩍 들리지 않았다. 끌다시피 할 수밖에 없었다. 금생의 엉덩이가 베란다 바닥에 쓸리며 겨우 거실로 들어올 수 있었다.

거실로 옮겨놓고서야 119에 전화를 걸었다. 전화를 먼저 해야 했지만 그러지 못했다. 베란다에서 일으켜야 한다고만 생각했다. 햇빛 탓을 하고 싶었다. 서늘한 곳으로 옮기면 깨어나리라 기대했다. 깨어나리라 믿고 싶은 마음이 더 컸다. 그러나 기대는 기대로 끝이 났다. 금생은 일어나지 못했다.

구급차를 기다리는 시간은 피가 마르게 초조하다.

현세가 금생의 뺨을 친다. 눈을 뜨지 않는다.

금생의 몸을 흔들고 있다. 아무런 반응이 없다.

금생의 의식은 어디로 갔는가. 현세의 의식도 반쯤 나갔다.

현세 마음에서 비로소 미나가 탈출한다. 미나에 대한 그리움으로 가득 찼던 마음에 금생이 들어온다. 금생이 차지한 현세의 마음. 그 마음이 다시 터질 듯하다. 두려움과 안타까움과 미안함으로.

♪ 피아노가 현세의 절망을, 한숨을, 한탄하고 있다!

♫ 꽝꽝, 퉁퉁, 무겁게 울리고 있다!

미나가 지하도 계단에서 올라온다.

미나다!

현세의 눈이 미나를 발견하고 튀어나간다.

정말 튀어나가고 있다. 눈에서 나온 빛으로.

빛은 미나를 향해 곧바로 뻗어나간다.

미나는 계단을 오르느라 고개를 조금 숙인 채다. 그래서 그녀의 눈은 아직 현세를 보지 못한다. 보지 못한 채 미소를 짓더니 고개를 든다. 고개를 든 게 먼저가 아니라 미소가 먼저였다는 데 주목했으면 한다. 현세 눈에서 나온 빛이 달려가 미나를 휘감았고 그 순간 미소를 지었다. 아버지가 와 있음을 의식이 먼저 알아챈 것이다. 그 의식이 고개를 들게 만들었고 비로소 미나의 눈이 아버지를 발견한다.

– 아빠아!

미소보다 더 환한, 아빠를 부르는 소리.

미나가 아버지를 향해 달린다.

– 뛰지 마라!

지하도 입구에 자전거를 세워놓고 기다리던 현세가 외친다.

미나가 달리는지 빛이 구르는지 구분이 가지 않는다. 현세의 눈이 미나를 감싼 빛을 당기고 있는지도 모르겠다.

부녀 상봉!

둘은 포옹한다. 견우직녀의 만남보다 감격스럽다. 그 장면이 매일 일어나는 일이라는 걸 알고 나면 놀랍지 않을 수 없다. 그래서 두 사람을 감싼 빛은 오히려 놀랍지 않다. 미나를 감싸고 다가오던 빛이 포옹한 두 사람을 감싼 채 더욱 빛을 내고 있다. 빛나는 청춘, 불타는 사랑, 환한 미소, 라는 표현이 거짓이 아니다. 둘의 기쁨이 그런 빛으로 드러나고 있는 것이 분명하다.

자전거 뒷자리에 미나를 태우고 페달을 밟는 현세의 다리가 경쾌하다.

현세의 등 뒤에서 조잘대는 미나 목소리가 탁구공처럼 튀고 있다.

♪ 건반 위 소년의 손이 나비처럼 가볍다!

♬ 똥또롱똥, 띵똥띵똥, 피아노가 새처럼 지저귄다!

현관 문 앞에 선 현세 이마에 진한 땀이 배어있다.

가슴을 가로지르는 통증.

마지막을 알리는 감각이지만 생각할 겨를이 없다.

온 몸이 외치는 것은 하나.

의식과 마음과 세포가 하나가 되어 가고자 하는 곳.

금생이 누워있는 침대.

비밀번호를 누르고 현관문을 당긴다. 손에 닿는 감각이 없다. 근육을 쓰는 기능도 사라졌다. 아니, 어떻게 써야 하는지 잊어버린 것인가. 꿈 속에서 걷는 것처럼, 가위에 눌린 채 움직이려 애쓰는 것처럼, 감각이 아득하다.

오직 의식만으로 움직이고 있다.

아니, 의식만 가고 있는지도 모르겠다.

현관에서 안방까지가 천리만리다.

여보!

소리를 질러보지만 나오지 않는다.

현세는 기어이 안방 문에 이른다.

내가 왔소.

방문이 꽉 닫혀있지 않은 게 얼마나 다행인지.

문은 틈이 보이게 조금 열린 채다.

기울어지는 현세의 몸에 밀려 활짝 열리는 안방 문.

금생이 누워 있는 침대가 한눈에 들어온다.

금생의 눈에도 현세가 들어왔다.

현세가 그녀 곁으로 오기를 기다리던 금생의 염원.

염원의 가느다란 빛이 현세를 향해 힘겹게 다가온다.

마침내 실오리 같은 한 줄기 빛이 현세의 허리에 감기고,

현세의 걸음 속도가 갑자기 빨라진다 싶더니 그대로 침대 위로 고꾸라진다.

한 줄기 빛의 힘이 얼마쯤 작용했는지도 모르겠다.

어쨌든,

금생 곁에 누웠다.

눕는 순간,

현세의 정기는 하나도 남아 있지 않았다.

그래서 더 이상 아무런 움직임이 없었다.

♪ 피아노가 무겁게 울었다!

♬ 현의 울림에 공기가 공명했다!

소년의 집 거실에 바람이 일었다.

***

건반 위를 기어 다니듯 느리게 오가던 소년의 손이 멈춘다.

거실을 떠다니던 바람도 멎었다.

소년이 여자를 돌아본다.

알고 있다!

어머니가 알아들었다.

연주가 말하는 것을 알아들었다.

어머니 얼굴이 그렇다고 말한다.

그래서,

그 순간,

말로 하는 것이 불가능하게 느껴지지 않는다.

소년이 여자를 향해 똑똑히 말한다.

– 할아버지가 죽었어.

15

여자는 지금 참으로 난감하다.

그저 느낌일 뿐이라고 우기고 싶지만 사실 두렵기까지 하다.

노부부의 주검?

환영이 보이는 순간 머리를 흔들었다. 하지만 사라지지 않는다. 소년의 연주는 계속 같은 환영을 보여주고 있다.

침대에 나란히 누워있는 할머니와 할아버지.

그들은 이 세상 사람이 아니다. 그런 의식이 여자를 지배하고 있다. 누워있다고 생각하고 싶지만 죽었다고 속삭인다. 그렇다면 소년이 지금 장송곡을 연주하고 있다는 말인가.

할아버지는 할머니를 향해 모로 누웠다. 할머니는 반듯하게 누워 고개만 할아버지 쪽으로 돌린 채다. 그러니 서로 마주보고 있다고 해야겠다. 얼굴이 서로를 향해 있으니까. 고통은 느껴지지 않는다. 영원한 고요에 싸여 있는 듯하다.

할머니 입가에 미소가 떠돈다.

그리고,

여자는 깜짝 놀란다.

자신이 웃고 있는 걸 깨달았기 때문이다.

죽음 앞에 웃음이라니.

현실로 돌아온 여자는 두려움에 휩싸인다.

상식을 벗어난 자신의 태도에 소스라친다.

내가 왜 이러는 걸까.

보이는 것이 사실이라면 눈물이라도 흘려야 격에 맞지 않는가. 이성은 그렇게 다그치지만 도무지 슬픔이 느껴지진 않는다.

연주는 계속된다.

여자는 연주에 빠져들어 미소 짓다가 화들짝 놀라며 머리를 흔든다. 그런 행동이 여러 번 반복된다. 누군가 지켜보는 자가 있다면, 여자가 자신한테 놀라는 것보다 더 놀랄 것 같다. 혼자 웃고 놀라고 이유도 없이 머리를 흔든다니. 하지만 다행히 집안엔 둘뿐이다. 그래서 연주를 하는 소년과 연주를 듣고 있는 여자는, 어떤 방해도 받지 않고 자신의 감정에 충실히 젖어들 수 있었다.

긴 연주가 끝났다.

이렇게 긴 연주는 드물다. 1시간을 넘겼다.

그렇게 할 말이 많았던가. 무슨 말이 하고 싶었던 것일까.

자세히 듣고 싶다.

아들에게 묻고 이야기를 듣고 싶다.

자신이 본 것을, 느낀 것을 확인받고 싶기도 하다.

정말로 누군가 세상을 떠나고 있다면 그곳은 어디일까. 사실이라면 알려주어야 하지 않는가. 침대엔 노부부뿐이었다. 주변엔 아무도 없었다.

누구에게도 물어보지 못할 비밀을 품고 있는 여자는 한숨을 쉰다.

한숨이 몸에서 빠져나가는 순간 맥이 빠지고 여자는 또 놀란다. 환영을 사실로 착각하고 있다는 이성적 자각 때문이었다. 하지만 그 놀라움엔 힘이 실리지 않았다. 자꾸만 사실이란 확신만 강해질 뿐.

그래서 묻고 싶은 마음만 더욱 간절해진다.

여자가 본 것이 정말 아들의 머리에도 있었던 것인지.

하지만 아들은 길게 말하지 않는다. 대체로 아주 짧은 대답이다. 그것도 피아노를 치기 시작하면서 많이 좋아진 반응이다. 그 전엔 말도 대답도 없었다. 오직 눈물과 표정으로 모든 걸 대신했다. 여자는 아들의 표정에서 감정과 요구와 기쁨과 슬픔을 읽어내야 했다. 피아노라는 귀인을 만나기 전에는, 암흑 속에서 길을 찾아 나아가듯 아들의 내면을 더듬더듬 기어 다녀야 했다.

**

그날은 아들의 다섯 번째 생일이었다.

선물도 마련하고 케이크도 사서 생일상을 차렸다.

남편의 퇴근이 늦다고 한 날이라 아침에 생일상 차림을 할 수밖에 없었다. 달랑 세 식구에 아버지가 빠지면 쓸쓸할 것 같았기 때문이었다. 아들이 무얼 모른다 해도 마찬가지였다. 어차피 아들 마음은 언제나 여자가 알아서 하는 것이었으니까.

알 수 없는 아들의 마음.

아들은 느닷없이 울었다. 매일같이 겪는 일이지만 무신경하게 되긴 힘들었다. 난데없는 울음에 하도 절망해서 그것만 빼버리면 어떤 아들일까 생각해본 적이 있었다. 그때 종이에 아들의 장점을 적어보았다. 적어 놓고 보니 사실 수월한 점도 많았다. 종이에 나열된 것들이 잠시 위로가 되어 주기도 했다.

아들은 잠버릇이 좋았다. 잠이 오면 앉은 자리에서도 스르르 잠들었고 깰 때도 투정 없이 일어났다. 억지로 깨워도 울지는 않았다. 얌전히 앉아 밥도 잘 먹었고 장난감을 던지거나 하는 거친 행동도 없었다. 이유 없는 울음만 아니라면 정말 예쁜 아이였다. 한글도 일찍 배웠고 혼자 동화책도 잘 읽었다. 그런데 말을 하지 않았다. 어떤 요구도 말로 하지 않았다.

그날도 새벽에 깨웠지만 무심한 표정으로 눈을 떴다. 세수를 시키고 옷을 갈아입힐 때도 얌전했다. 그리고 밥과 미역국, 조기 구이, 케이크가 놓인 생일상 앞으로 아들을 데려갔을 때 기적이 시작되었다. 아들은 생일상 앞에 앉는 대신 다른 곳으로 뛰어갔다. 아이가 뛰어간 곳은 선물 상자가 놓여 있던 소파였다. 홀린 듯이 소파 위의 상자를 쳐다보았다. 그리고 상자를 안아들었다.

밥 먹고 풀어 보자.

여자가 아들을 불렀다.

아들은 돌아보지 않았다. 상자에 매달려 있었다. 열려고 애를 썼다. 그러나 테이프가 붙여진 상자는 아이 힘에 열리지 않았다. 상자 표면에는 속에 든 장난감 피아노의 사진이 있었다. 뜯는 걸 포기한 아이의 손가락이 사진 위 건반을 두드렸다. 두드리는 걸 멈추지 않았다. 너무나 집착해서 식탁으로 데려올 수가 없었다.

안되겠어. 선물부터 뜯어줘야겠네.

출근이 급한 남편이 말했다.

여자는 포장을 벗기고 장난감 피아노를 꺼내주었다. 아들은 피아노를 쥐고 놓지 않았다. 그날은 하루 종일 그걸 안고 지냈다.

기적이었다.

아들의 마음과 말을 대신할 귀인을 만난 것이다.

피아노 학원은 몇 달 밖에 못 다녔다. 피아노를 집에 들여놓자 학원에 가려하지 않았기 때문이었다. 학원에만 가면 피아노에서 떨어지려 하지 않아 결국 피아노를 사게 되었고, 학원은 의미가 없어졌다. 아들이 학원에 간 이유는 오직 피아노 때문이었던 지도 모른다. 학원에서도 선생님의 지도대로 잘 따르지 않았다. 치고 싶은 게 늘 따로 있었다. 비록 고분고분한 제자는 아니었지만 선생님은 아들의 손놀림에 놀랐다. 피아노 천재라고 했다. 여자는 천재란 소리가 아니라 아들의 변화가 반가웠을 뿐이다.

피아노 덕분에 많은 것이 달라졌다.

피아노를 매개로 하면 대화가 훨씬 수월했다. 울고 난 뒤에는 한참동안 밥도 먹지 않고 벽만 보고 앉아 있던 버릇이 사라졌다. 주체 못하던 감정 투정이 없어진 것이다. 투정부리는 대신 피아노를 쳤고 연주를 하는 동안 평온해졌다. 연주가 끝났을 때 질문을 하면 대답도 했다.

새가 구름하고 놀았어.

꽃이 울어.

나무는 배가 고파.

피아노가 바람이야.

짧고, 모호하고, 비상식적인 말도 많았지만 여자에겐 선물 같은 답이었다. 대답 자체가 선물이었다. 아들의 답은 여전히 짧지만 여자도 많이 달라졌다. 많은 것이 들렸다. 여자는 그 이유가 아들의 훌륭한 연주 때문이라고 생각한다. 사실 아들의 연주 실력은 나날이 늘었다. 듣는 사람마다 감탄했고 학교에선 피아노 천재로 불렸다. 그렇거나 말거나 여자의 관심은 다른 데 있다.

연주가 들려주는 이야기.

그 이야기는 아들이 그녀에게 들려주고 싶은 이야기라고 생각한다. 그렇게 믿고 싶다. 훌륭한 연주 덕분에 일어나는, 천재적인 연주가 주는 효과라고 믿고 싶은 것이다. 그러나 두렵다. 자신의 귀가 피아노가 하는 이야기를 듣고 있다니. 믿을 수도 인정할 수도 없는 일이다. 분명 비상식에 속하는 세계. 그래서 말할 수도 없다. 누군가에게 이런 사실을 밝힌다면 자신을 비상식 세계에 속한 사람으로 바라볼 게 틀림없다. 비상식 세계의 주민은 아들로 충분하다. 아들은 지금 피아노란 매개물 때문에 상식이란 세상에 입주할 수 있었다. 그 세상 사람들의 이해를 받으며 경계를 넘나들고 있다. 비상식적인 행동은 천재가 타고난 아픔으로 신비화되기도 하면서.

그러나 여자는 아니다. 귀에 들리는 이야기를 절대로 밝혀서는 안 되는 것이다. 그래서 남편한테도 사실을 고하지 않았다. 그건 어쩌면 남편의 또 다른 짐이 될 수도 있다. 여자에게 일어나고 있는 일이 이해가 되지 않으면 고민으로 남지 않겠는가. 겨우 아들을 염려하던 짐이 조금 가벼워진 마당에.

그냥 이대로 평화를 유지하고 싶다.

아들은 피아노로, 여자는 피아노 연주에서 얻는 평온으로.

연주 속에 숨어 있는 이야기가 둘의 비밀로 간직되는 동안에만,

세상에 섞이는 평화가 유지될 수 있다고 판단한 것이다.

***

긴 연주에 아들도 지친 모양이다.

피아노 앞에 팔을 늘어뜨린 채 그대로 앉아 있다.

여자는 아들을 말없이 지켜보았다.

시간이 흘렀다.

이윽고 아들이 고개를 든다.

– 할아버지가 죽었어.

피아노에게 말하듯 아들이 말한다.

여자의 놀란 눈이 허공을 헤맨다.

***

밖엔 바람이 일었다.

바람 속을 휘젓는 참느릅나무 가지들이 윙윙 소리를 낸다.

높은 가지 위에 앉아 있던 까치가 바람을 타고 날아오른다.

거실 창밖으로 날개를 활짝 펼친 까치가 미끄러지듯 지나간다.

두 사람은 지금 노부부 영혼과 함께이다.

피아노 앞에 앉은 소년과 소파의 여자는,

막 세상을 떠나는 노부부의 영혼을 배웅하고 있다.

그들의 조용한 배웅을 아무도 모른다 해도 없는 것이 될 수 없다.

의식은 사라지지도 않고 없앨 수도 없으니 말이다.

16

　– 할아버지가 죽었어.

　그 말을 듣는 순간 누군지 알아챘어야 마땅했다.

　잊어버릴 수 없는 사람이 아니던가. 아니, 잊은 적이 없다. 늘 기억 속에 있었다. 기억 속에 있다가 때때로 떠오르던 사람이었다. 비록 몇 해가 지나도록 보지 못하고 지냈지만 노부부는 마음속에 있었다.

　친부모한테도 못했던 일을 그때는 했다. 설명할 수 없는 어떤 힘이 여자를 그 집으로 이끌었다. 노부부의 말동무가 되고 생각 깊은 딸이 되어주었다. 스마트폰 사용법도 가르쳐주고 홈쇼핑도 대신 해주었다.

***

　발달과 변화가 모두에게 편리한 것은 아니었다.

노부부만 남은 집엔 첨단 문명이 재앙처럼 보였으니까. 문명의 이기(利器)가 정말 이로운 도구가 되려면 사용자가 그 변화를 따라갈 수 있어야 한다. 하지만 최근의 변화는 너무나 빨랐다. 변화의 급물살 속에서 뗏목을 놓쳐버리기 십상인 것이다. 더구나 변화에 대처할 선봉장격인 인지 기능의 노화는, 노인의 목덜미를 잡아채는 심술궂은 걸림돌이었다. 그래서 문명 발달과 반대로 노화의 물살에 실려 거꾸로 흘러가버리기도 한다. 도움의 손길이 없다면 도저히 스스로 멈출 수도 되짚어 올 수도 없는 길이 될 수밖에 없었다.

변화의 물결 속에서 늦둥이 딸은 부부의 징검다리였다. 그런 의미에서, 갑작스런 딸의 죽음은 노부부에게 이중고의 망치를 휘두르게 되었던 셈이다. 문명세계로 이어지던 징검다리가 사라져버렸다. 그래서 딸을 잃은 아픔은 절망으로 치달았다. 다리가 끊어진 강가에 버려진 고립감 속에서, 아픔은 깊은 절망 속으로 빠져 들어가고 있었던 것이다.

징검다리란 존재가 필요하다고 생각해 본 적은 없었다.

기존 지식으로도 얼마든지 문명 생활은 가능했다. 의심도 해보지 않았다. 미나가 노부부 곁에 있었을 때는. 그런데 아니었다. 자신들만 홀로 다른 세상에 서 있는 듯했다. 기기는 끊임없이 변했고, 그 변화의 일선에 있었던 사람은 미나였다. 부부는 후방에서 따라가고 있었단 걸 알았다. 따라하는 정도는 얼마든지 가능했다. 가능을 유능으로 착각하고 살 수 있었다. 유능한 미나 덕분에.

하지만 아무도 딸처럼 설명하지 않았다. 모른다는 것은 무시를 당해야 할 이유로만 작용했다. 무시를 당해도 어쩔 수 없이 무시하는 자의 도움을 받아야 하는 처지에 절망했다. 기기에 대한 무능력은 인간의 다른 가치까지 무효화시켰다. 인격까지 무시되는 새로운 문명의 물결. 빠르게 설명하는 젊은이의 용어를 알아들을 수 없었다. 새로운 용어 앞에 그들은 멍청이가 되었고, 젊은이는 멍청이의 과거와 지혜를 알아보는 눈이 없었다. 갑자기 나타난 신문명은 구세대에겐 경험의 기회가 없었고, 그래서 신문명은 구세대를 따라 배우지 않아도 되었다. 구세대에서 신세대로 내려가던 지식이나 기술의 전수가 뒤바뀐 오늘. 문명의 빠른 변화는 세대 간 소통에도 큰 혼란과 단절을 가져왔다.

노부부의 절망은,

딸의 죽음으로 세상에서 단절된 절망이었다.

고립의 절망감은,

여자의 방문으로 달라지기 시작했다.

노부부의 변해가는 태도와 행동이 그걸 말해주었다. 여자가 돌아갈 때는 배웅하는 김에 산책을 한다며 따라 나오기도 했고, 여자가 올 때쯤엔 장을 봐 놓기도 했다. 그리고 맛있는 밥을 지어주기도 했으니까.

여자가 언제부터 발길을 끊었는지 분명하지 않다.

부부가 옷을 갖춰 입고 외출하던 날의 기억은 선명하다. 외출하는 부부를 보며 마음이 놓이던 뿌듯한 감정이 강하게 남아있다. 아마 그 즈음에 방문을 멈추었을 것이다. 발길을 끊은 후에도 한동안 전화 연락은 있었다. 할아버지가 새로 마련한 휴대폰 앞자리 번호가 바뀌었다고 먼저

전화를 한 적도 있었으니까.

많은 기억이 새록새록 떠올랐다.

***

휴대폰에서 연락처를 찾았다.

'미나야'

그렇게 저장되어 있다. 같은 이름 아래 집 전화번호도 있었다.

노인은 여자의 휴대전화 속에 살아 있었다. 그곳은 지우지 않으면 언제까지나 존재하는 세상이었던 것이다.

통화 표시를 눌렀다.

연결이 되지 않았다.

받지 않을 거라 짐작은 했지만 그곳의 고요에 가슴이 심하게 뛰었다.

가봐야 했다. 즉시.

아들은 분명 '할아버지가 죽었다'고 했다. 자다가 헛소리로 했다 해도 흘려버릴 수 없는 내용을 담고 있다. 사실이 아니길 바라는 마음이 아무리 크다 해도 무시해버릴 수 없는 말이다. 게다가 그 말을 듣고 밤이 두 번이나 지났다.

지금 아들은 학교에 있다.

수업이 끝날 때까진 여유가 있었다.

현관을 나서자 햇살이 얼굴로 쏟아졌다. 맑은 날이었다. 겨울이 물러나고 있다. 아직 바람은 차지만 대기는 봄기운으로 몽롱하다. 아파트 단지 중앙 뜰은 햇살의 잔치가 벌어졌고, 화단 둘레 벤치엔 노인 몇 분이 앉아 해바라기를 하고 있다.

여자가 걷던 걸음을 멈추고 우뚝 선다.

노인들이 앉아 있는 곳.

그곳에 할아버지가 앉아 있었다. 본 적이 있다. 분명히.

하지만 언제?

기억을 떠올리려 애쓰지만 기억나지 않는다. 그런데 마음은 분명히 보았다고 말한다. 감정도 느껴진다. 그러나 더 이상 기억은 없다. 느낌뿐이다.

착각인가?

착각이라 결론짓고 다시 걸음을 재촉한다.

여자의 기억은 사실이다.

그곳에 앉아 있는 할아버지를 보았다.

할아버지가 돌아가시던 그날, 울고 있는 아들을 데리러 나왔다가 할아버질 보았다. 할아버지가 화단가 햇살 아래 앉아 있었다. 분명히 눈은 할아버지를 포착했지만 망막에 맺힌 상은 인식과정을 거칠 수가 없었다. 그래서 결국 기억의 저장소에 갈 수도 없었다. 머리가 온통 울고 있는 아들로 가득 차 있었기 때문이었다. 그렇지만 감각의 흔적은 남아 있었다. 망막에 닿을 때의 흔적이다. 그래서 그 장소를 목격하는 순간, 흔적이 무언가를 일깨웠던 것이다.

여자 마음이 몹시 급하다.

어찌하였든 할아버지 모습이 무의식에서 의식 밖으로 나왔다.

궁금함이 불안으로 변하면서 걸음이 점점 빨라진다.

저장되지 않았던 그날의 감각이,

종종걸음치고 있는 그녀 뒤를 졸졸 따라갔다.

아직도 이 집에 사시는 걸까.

할아버지 집 현관 앞에 섰을 때 그 생각이 났다.

그렇지만 분명히 할아버지 집이었다. 현관문이 그렇게 말하고 있었다.

다른 주인을 맞이한 흔적이 없었다. 여자는 그 느낌을 믿었다.

심호흡을 하고 벨을 눌렀다.

기척도 없다.

한 번 더 누른다.

여전히 기척이 없다.

인기척 없는 문 앞에서 한참을 기다린다.

'아무도 살지 않는다.'

문 안쪽의 정적이 그렇게 말하는 듯하다.

여자가 다시 심호흡을 하곤 번호 키의 뚜껑을 밀어 올린다. 손가락에 눌리는 번호들이 차례로 소리를 낸다. 머리가 아니라 손가락이 기억하는 위치였다. 할아버지가 번호를 외우려하지 말고 위치로 기억하면 편하다 며 알려주었던 대로다. 그 기억은 지워지지 않았다. 알파벳 숫자 4를 쓰 듯이 따라가며 번호를 눌렀고 뚜껑을 내리자 출입 허락의 신호가 울렸 다. 마치 기다리고 있었다는 듯.

할아버지는 여전히 여기에 사신다.

비밀번호도 바꾸지 않은 채 누군가를 기다리고 있었다. 기다리는 사람 중에 여자도 있었을까. 여자를 피할 마음이 없었던 건 분명해 보인다. 여자에게 비밀 번호를 가르쳐 준 사람이 할아버지였으니까. 그리고 여자가 기억하는 번호로 문이 열렸으니까.

손잡이를 돌리자 열리는 문.

여자가 문을 잡은 채 멈칫한다.

사람이 들어갈 만큼 열린 문틈으로 거실이 보인다.

거실 풍경은 그때와 달라진 것이 없는 듯하다. 짙은 갈색 소파, 탁자 위에 덮인 초록색 보. 거실 바닥에 깔려 있던 어린이 매트까지.

눈에 익은 것들이 여자의 기억을 되살린다.

처음 왔을 때 그 매트에 앉아서 죽을 먹었다. 어린애도 없는 집에 왜 어린이 매트를 깔아놓았을까 하는 생각을 했지만 물어보진 못했다. 딸과 관련 있는 물건일 수도 있었으니까. 설마 아니겠지만 딸이 어릴 때 쓰던 매트일까, 하는 가능성 없는 생각도 해보았다. 만약 그렇다면 그 매트는 자그마치 스물여덟은 된 물건이어야 했는데 도저히 그렇게 나이 먹어 보이진 않았다.

할아버지가 베란다에 나가 꺼이꺼이 울던 기억도 났다. 깎아놓은 사과 한 쪽이 포크에 꽂힌 채 할아버지 손에 들려 있었다. 한 입 베어 물다 갑자기 일어서서 베란다로 나갔는데 울음소리가 났다. 터지는 울음을 감추려 일어섰을 테지만 그러지 못했던 것이다. 거실 창문 뒤로 몸을 감추었는데 창문이 가려주지 못한 손이 눈에 들어왔다. 포크를 쥐고 있는 할아버지 손이 부들부들 떨렸다. 지하도 바닥을 짚고 있던 손이 생각나면서 여자도 견딜 수 없이 슬펐다. 그날, 터지는 눈물을 참느라 얼마나 이를 악물었는지 모른다. 할머니도 결국 할아버지를 따라 통곡했다. 깎아놓은 사과가 갈색으로 변할 때까지 부부는 울었다.

여자의 눈이 붉어진다.

― 할아버지이.

아직 현관 안으로 발을 들여놓지 않은 채 할아버질 부른다.

목소리는 집안의 정적 속으로 가뭇없이 사라진다.

여자가 안으로 들어선다.

갇혀있던 공기가 여자의 출현에 움직이기 시작한다. 현관에서 밀린 공기는 거실로, 거실에서 밀린 공기가 열려 있는 안방으로, 여자보다 앞서 움직인다. 여자의 눈길이 가는 곳도 열려 있는 안방이다. 안방 문이 열려 있다. 낯설다. 모든 것이 익숙한 이 공간에서 가장 낯선 모습이다. 안방 문은 늘 단정하게 닫혀 있었다. 안방 문뿐만 아니라 이 집의 모든 문은 닫혀 있었다. 딸 방이라 짐작되는 방의 문도. 화장실 문까지도. 그리고 지금도 모든 방문은 닫혀 있다. 한 곳만 빼곤.

열려 있는 문.

들어오세요.

그런 뜻으로 해석해야 할 것 같지만 그렇게 느껴지진 않는다. 문은 필요할 때 필요한 사람이 열어야 하는 모양이다. 열려 있는 문은 도리어 이상하다. 이미 열려 있는 문 앞에서 차라리 망설여진다. 여자는 긴장한다. 하지만 짐작도 못할 일이 벌어져 있으리라는 막연한 공포는 아니다.

예견했지만 처음 겪는 일 앞에선 어쩔 수 없이 긴장되는, 그런 종류의 긴장이다.

여자는 열린 방으로 다가간다. 부부의 침실로.

부부는 침대에 같이 누워있다.

할아버지는 이불도 덮지 않은 채 할머니를 보고 모로 누웠다. 이불을 덮고 똑바로 누운 할머니는 얼굴만 할아버지를 향해 조금 기울어 있다.

바로 이 모습이었다.

낯설지가 않다.

환영으로 본 것과 똑같은지는 모르겠다.

하지만 상황과 느낌은 바로 이것이었다.

여자는 문 앞에 선 채 몸을 떨었다. 두려운 게 아니었다. 그냥 떨렸다. 환영을 보았을 때 느낌이 생생하게 되살아났을 뿐이었는데 마구 떨렸다. 몸의 떨림으로 느낌이 재생되고 있는 듯했다.

할아버지, 할머니는 이 세상 사람이 아니다.

평화롭게 잠들어 있는 모습이지만 그들에게 잠의 기운은 없다.

여자는 부부가 숨을 거두었다고 확신한다. 가까이 가기 전에 이미 알았다. 침대로 다가갈 때는 돌아가셨다는 확신이 끝난 뒤였다. 그리고 다가갈수록 심장의 고동이 안정되었다. 어차피 낯선 모습이 아니었다.

고통은 없었다. 아니, 느껴지지 않았다.

할머니 가슴 위에 놓여 있는 할아버지 손.

의식할 새도 없이 여자의 손이 노인의 손을 잡는다.

차가웠다. 지하도 바닥보다 더 차가웠다. 더 이상 몸을 지탱하기 위해 애쓸 필요가 없어진 손에는, 더 이상 더운 피가 돌아다닐 필요가 없어졌기 때문이다. 피가 돌아다니지 않는 할아버지 몸은, 다시 왔던 곳으로 돌아가셨다.

여자가 공기를 힘껏 들이마시더니 천천히 숨을 내쉰다.

몸의 떨림이 완전히 사라진다.

떨림이 사라진 자리에 잔잔한 물결이 일었다.

슬픔인지 안도인지 모를 감정이었다.

17

언제나 귀를 열어두기를,

그래서 열린 귀가 혀의 잘못을 막아주기를.

보이는 대로 쫓아가지 않기를,

제발 신기루에 속지 말고 발 앞의 낭떠러지를 제대로 보기를.

좁은 우물에서 나오기를,

그리하여 통찰의 눈으로 세상을 제대로 볼 수 있기를.

기도한다.

***

부모한테 주어진 특권이란 없다.

자식을 위해 아무리 애를 쓰고 정성을 다해도 공(功)은 없다.

말이 지나치다고 분노할 필요는 없을 듯하다. 모든 부모도 이미 누군가의 공을 소비한 전과로 살고 있다는 걸 안다면. 그러니 자식을 상대로 공치사를 하는 것은 어리석은 짓이다. 자식이 부모 마음을 알게 될 날이 올 수도 있겠지만 그건 그들 몫이다. 두 눈이 앞만 보게 되어 있기 때문인지 사람은 자신을 돌아보기가 쉽지 않다. 돌아보지 못하는 삶은 어리석고, 어리석은 마음은 끝없이 누군가를 원망한다. 삶의 고비가 올 때마다 원망할 상대를 찾는다. 그리고 원망 상대는 항상 가까이 있다. 그래서 가장 고마운 사람이 부지불식간에 원망의 대상이 되어 있는 것이다. 얼마나 참담한 일인가.

미륵은 화가 나 있다.

그리고 며느리도 그런 남편을 원망하고 있다.

주검이 생판 모르는 여자에게 먼저 발견되었다는 것이 노부부의 마지막 죄가 되었다. 그렇게 해서 부모는 자식에게 영원한 죄인이 되어 버렸다. '죄 많아 부모'란 말을 증명해 준 죽음이 된 셈이다. 하지만 억울할 건 없다. 아들부부도 자식이 있으니 오히려 안타까울 뿐이다. 노부부와 같은 죄인이 될 운명 앞에 서 있는 셈이니까.

자식을 낳아 길렀지만 자식의 마음까지 다스리고 기를 수는 없었다. 누구의 자식으로 태어나 자라든 사람은 자신만의 세계를 가진다. 그리고 그 세계를 온전히 스스로 다스리고 싶어 한다. 결코 누가 원하는 대로 움직여주진 않는다. 원하는 자가 설사 자신을 낳아준 부모라 할지라도.

하지만 미륵의 헝클어진 마음이 몹시 안타까운 현세와 금생.

물론, 살아 있을 때도 못했던 일을 죽어서 할 수 있다고 믿진 않는다. 이제 아무것도 할 수 없고 해줄 수도 없다. 그렇지만 할 수 있다고 믿고 싶다. 안타까운 마음이 낳은 어리석은 생각이지만, 때로는 믿을 수 없는 것도 믿는 것이 부모 마음이니 어떡할까.

그래서 지금 이 곳은,

살아있는 자가 보기엔 그냥 노부부 죽음의 현장이지만,

어떤 말씀으로 가득하다.

조용하지만 강력한 그 소리는,

자식 마음에 닿기를 원하는 간절한 부모의 넋이기도 하다.

***

미륵아,

지금 당장 실천해야 할 일은 따로 있다.

원망하는 마음을 버리는 것.

원망하는 마음은 네가 진짜 해야 할 일을 보지 못하게 가로막는다. 지금도 그렇다. 너는 원망에 가로막혀 아무것도 하지 못하고 있다. 원망이 얼마나 무서운지 안다면 그러고 있을 수가 없다. 상대를 조금도 해롭게 하지 못하면서 자신을 저주하는 가장 좋은 방법이 원망이고, 자신의 가치를 갉아먹으며 가장 잘 자라는 것이 또한 원망이다. 원망으로 가득 찬 마음은, 흙으로 밥을 지어 네 앞에 놓아둔 밥그릇 같은 것이다. 흙을 먹고 배를 불릴 수는 없다. 그건 너의 밥그릇. 아무도 탐내지 않는 네 몫이다. 네 몫의 그릇에 흙을 담는 사람도 너, 흙을 비워 내는 사람도 너이다. 네 아내의 그릇에 무엇을 채우는가도 지금은 너한테 달려있다. 며느리를 두둔하려는 게 아니다. 누구든 먼저 원망을 내려놓기만 하면 된다. 그게 너였으면 하는 것이다. 어찌하였든 너를 낳고 키운 부모의 죽음 아니냐. 네가 할 일이다. 어떤 일도 '나'로부터 시작되지 않은 것이 없다. 그렇게 생각이 달라져야만 한다.

원망할 대상이 밖에 있는 한, 원망을 끊어버리는 방법은 없다. 원망은 구체적으로 존재하는 것이 아니다. 존재하지도 않는 것을 제거할 방법 또한 없다. 나를 돌아보고 나를 탓하는 순간, 원망도 원망의 대상도 사라진다. 네 원망이 끊어지면 아내의 원망도 자기 자신을 향하게 될 것이다.

당장 그렇게 해야만 한다. 네가 달라지지 않는다면 너희 부부는 부모를 원망하다 결국 서로를 원망하게 된다. 너희 앞에 놓인 밥그릇에 서로 흙을 퍼 담는 꼴이다. 상대를 향해 끝없이 던져도 결과는 변하지 않는다. 그래서 너희들 밥그릇엔 결국 똑같은 흙이 가득 차게 될 것이다. 둘 다 흙을 먹고 건강할 수도 배가 부를 수도 없다.

그 여자가 아니었다면 경찰이 먼저 문을 열었을 것이다.

정신을 가다듬고 생각해 보면, 그녀가 얼마나 고마운지 절이라도 해야 할 판이라는 걸 깨닫게 될 것이다. 지독한 냄새가 먼저 이웃을 놀라게 했을 것이고, 놀란 사람의 신고로 경찰이 출동했을 테니까. 경찰 앞에 드러났을 형편없이 부패한 부모의 주검. 넌 그걸 바랐던 것이냐. 어떤 말로 변명을 해도 네가 바라는 대로 명예가 회복되진 못할 상황이다. 어찌하였든 넌 방치된 주검과 가장 가까운 연고자, 아들이니까.

그 아들이,

멀리 해외에 살고 있는 것도 아니고 연락이 끊어진 상태로 왕래 없이 지냈던 것도 아니며, 더구나 세상 분간 못할 바보도 아니었다. 그런데 부모의 죽음조차 몰랐던 것도 모자라 경찰의 연락을 받고 나중에 등장하는 신세가 될 뻔했다. 이웃들과 낯선 많은 사람들에게 미리 알려져 소란스러워진 가운데 말이다. 오히려 뉴스거리가 될 수도 있었던 상황을 그 여자가 막아준 셈이다.

효자 소리를 듣고 싶었다면, 아니 효자라면, 너는 그 여자한테 부끄럽고 부모에게 미안해야 한다. 어찌하였든 낯선 사람의 연락을 받고서야 부모의 죽음을 알게 되었다. 그건 죽음이 가까워지고 있는 부모 상태를 몰랐다는 증거일 테니까 말이다. 그렇다면 부모의 죽음 앞에 죄인 된 마음이 먼저여야 하지 않느냐.

효자는 마음만으로 되는 것이 아니란 걸 넌 몰랐다. 마음이 없는 행동이라도 필요할 땐 해야 된다는 것도 넌 몰랐다. 마음은 옹졸했고, 행동은 더 인색했다. 그랬던 걸 깨달아야 한다. 그게 어려우면 지금은 그냥 상주이기만 하면 된다. 효자도 버리고 명예도 찾지 말고 그냥 상주로서 해야 할 일만 생각해라. 당장 처리해야 할 일이지만 아무도 대신할 수 없다. 사실 모두 네 일이고 너의 결정을 기다리고 있는 일이다. 그 일에만 충실한 것이 인색했던 네 마음에 재까지 뿌리는 것을 막는 행동이다.

들판에 풀과 나무가 자라고,
강엔 물고기가 헤엄친다.
사과나무엔 사과가 열리고,

나무뿌리는 땅 속 물을 찾아 뻗어간다.

물은 물길을 만들며 흘러가고,

햇살은 차별 없이 그 위로 쏟아지며,

가벼워진 물은 하늘로 올라가 구름이 되고,

구름이 무거워지면 다시 땅으로 온다.

나무가 하늘을 향해 자라고,

물고기가 물에서 헤엄치고,

식물의 뿌리가 땅 속으로 발을 뻗는 것이,

누구를 원망할 일이겠느냐. 그 여자는 아무 잘못이 없다. 여자의 마음이 네 부모 마음 쪽으로 달려 왔을 뿐이다. 나무가 하늘을 향해 자라듯 여자의 마음이 그러했다. 넌 그걸 인정해야 한다. 단지 부모라는 이유가, 단지 자식이라는 이유가, 마음의 흐름을 막을 이유가 되진 않는다.

마음이 흐르지 않았다면 감정이라도 챙겨야 한다. 뿌리지도 않은 수확물을 바라는 마음은 옳지 않다. 아니, 어처구니없다. 너는 어린아이가 아니다. 투정을 부릴 나이는 벌써 지났고, 억지라도 쓰고 싶은 모양이지만, 그걸 받아주었을 유일한 사람은, 네 원망의 대상이 되어 무력하게 누워 있다.

핏줄?

소중하지 않다는 말이 아니다. 하지만 소중한 건 마음에 있지 붉은 피가 흐르는 대롱이 아니다. 핏줄은 단지 소중한 마음이 소중한 행동으로 이어지기 쉬운 길일뿐이다. 가까이 있기 때문에, 정을 나누고, 음식을 나누고, 슬픔을 나누고, 기쁨을 나누기 쉬운 길일뿐이다. 삶의 많은 부분을 같이 할 수 있는 길로써 가치가 있는 것이다.

하지만 그 길의 가치가 그냥 생기진 않는다.

마음이 행동으로 이어질 때 비로소 가치가 살아난다. 행동이 따르지 않는 길은 곧 묻히고 막혀버린다. 다니지 않는 길이 결국은 풀과 나무에 잠식되어 버리듯이. 핏줄이란, 탄생의 선물로 주어진 혈육 사이의 길이다. 그 길을 걷고 다듬고 가꾸는 것은 선물을 받은 자의 의무이기도 하다. 의무의 수행으로 비로소 길의 기능이 완성된다. 완성의 책임은 선물을 받은 자에게 있다. 구슬 자체가 목걸이가 되진 않으니까. 하나씩 꿰는 수고 없이 목걸이를 얻을 수는 없다. 그러니 모든 결과는 각자의 몫이다. 누구도 원망할 수 없는.

아무것도 하지 않은 채 핏줄만 믿었다면, 그 또한 어리석었던 네 자신을 탓할 수밖에 없다. 남남으로 만나 서로한테 가장 소중한 사람이 되어 가는 부부를 떠올린다면 답이 좀 선명해질 것이다. 전혀 다른 곳에서 살았고 그래서 같은 추억도 없다. 그런 부부 사이에 네가 말하는 핏줄은 없다. 하지만 끊어질 수 없는 단단한 길로 서로 통해 있다. 깊이 생각해볼 일이다. 너희 부부가 어떻게 살아가야 하는지. 그 속에 답이 있을 테니까. 답은 늘 가장 가까운 곳에, 네 안에 있다.

같은 말을 자꾸 하게 되어 미안하다만,

마음을 살피는 일이 궁극의 일이다.

그리고 여자는 마음을 행동으로 옮겼고,

우리는 그 마음을 받아 아름답게 간직했다.

여자와 우리 사이에 마음이 담긴 핏줄이 흘렀다.

그뿐이다.

네가 핏줄만 믿고 마음을 접은 채 돌아보지 않던 길이,

쓸쓸한 폐허가 되는 동안,

수없이 오고간 여자의 발자국이 만들어낸 길이,

그녀와 우리 사이에 생긴 것이다.

유독 부모한테만 인색했던 '표현의 자유.'

그 '자유'를 넌 '표현하지 않는 자유'로 실천했다. 화를 참으며 침묵했고 침묵을 큰 선심으로 삼았다. 오직 욕망만 하며 용을 썼을 뿐이다. 우리에게 닿지 않는 욕망의 표현은 너한테도 힘든 일이었을 것이다. 화를 내며 소리치는 것보다 침묵의 시간이 더욱 괴로웠을 테니까. 그렇게 우리는 네 욕망 뒤에 밀려나 있었다. 가장 뒤 순위에 있었지만 섭섭해 하지 않았다. 원망도 하지 않았다. 그러면 네 가난한 믿음에 대한 충분한 보상이 된 것 아니던가.

부모를 믿었다고? 보여주지 않아도 알아야 부모라고?

물론 알았다. 네 욕망을 알았다. 행동하지 않는 게으른 욕망을 읽었으니까. 아무것도 보여주지 않으면서도 끝없이 봐주길 바라는 욕망을. 믿음에 따르는 어떤 행동도 없는 한없는 기대를 읽고 있었다. 믿음에 힘이 생기려면 반드시 행동이 따라야 했지만 네 믿음엔 힘이 없었다. 욕망만으로 힘이 생기는 건 아니니까.

가장(假裝)하는 마음은 세상이 알고 있다.

타인의 눈을 의식하고 하는 행동이라면 깨끗이 접어라.

효자로 보이고 싶다면 세상은 효자로 봐주긴 할 것이다. 네가 보이고 싶어 하는 대로 봐주긴 하지만 넌 효자가 아니고 세상도 그걸 안다. 세상은 항상 진면목을 알고 있다. 거짓의 탈을 쓰면 세상은 탈에게 거짓 인사를 하는 것이다. 탈 뒤에 숨은 진짜 얼굴을 알고 있지만 모른 척해 준다. 네가 척을 하면 세상도 척을 한다. 네가 바라는 대로 대접을 하는 것이다. 네가 거짓으로 세상을 대하면 세상도 거짓으로 너를 대한다. 그러니 세상의 눈을 정말 의식한다면 마음과 행동을 일치시켜야 한다. 네가 보이고 싶은 모습대로 행동도 해야 하는 것이다.

너는 그렇게 하지 않았다.

그렇게 하지 않은 결과가 눈앞에 있어도 알아채지 못한다.

원망이 온통 눈을 가리고 있기 때문이다. 화만 내지 말고 마음을 들여다보았으면 좋겠다. 그게 먼저다. 원망이나 후회는 언제든 밀고 들어와 널 정복할 준비가 되어 있다. 과감히 던져버려도 엄청난 생명력으로 다시 살아난다. 어느새 마음을 온통 차지하고 다른 것들을 밀어내 버린다.

밀리지 마라.

지금은 절대로 밀리지 마라.

그런 헛된 것에 밀리지 말고,

부모의 주검을 똑똑히 보고 처리 절차를 밟아라.

장례 절차만은 부모도 어쩔 수 없다.

대신해줄 수가 없구나.

미륵아,

우리의 뒤를 온전히 너에게 맡긴다.

18

베란다의 식물은 뿔뿔이 흩어졌다.

어떤 식물은 뿌리가 뽑혀 이파리까지 흙속에 묻히고, 어떤 식물은 아파트 화단으로 화분 째 이사를 했고, 어떤 식물은 쓰레기와 같이 봉투에 묶여 버려졌다. 쓰레기와 함께 매립지로 간 식물은 그곳에서 뿌리를 내리고 얼마간 더 살았다. 던져지면서 봉투가 찢어져 밖으로 쏟아져 나온 덕분이다. 단단하게 뿌리 내릴 곳이 없어 오래 버티지 못하고 잎이 시들어 버리고 말았지만. 하지만 상관없다. 뿌리가 좋은 흙을 찾는 데는 실패했지만 그동안 햇빛과 바람은 충분했다. 그래서 잎은 한때 무성하게 바람에 나부낄 수 있었다. 그것으로 충분했다. 식물에게 환경은 언제나 충분했다. 그들에게 환경은 조건이 아니라 바로 그들이기 때문이었다. 물아(物我)의 분별이 없는 세계라 할 수 있었다.

***

난향(蘭香)이 제일 먼저 그를 맞이했다.

미륵이 부모가 살던 집을 정리하러 들어왔을 때였다.

문이 꼭꼭 닫힌 집안에 갇힌 향기는 아찔할 정도로 강렬했다. 향기를 따라 눈길이 간 곳에 난초꽃은 피어있었다. 향기에 비하면 꽃은 초라한 편이었다. 향이 이끌지 않았다면 놓쳤을지도 몰랐다. 난초 화분은 창밖의 햇살이 비껴들어오는 거실 탁자 위에 홀로 놓여있었다. 시원스레 잘 자란 초록 잎 사이로 자줏빛 꽃대를 올리고 자줏빛 꽃을 피워놓았다. 꽃은 초록에 가려 빛을 잃을 정도로 소박했다. 무심코 보아선 꽃의 존재조차 알아채기 힘들 정도로 담담히 초록 속으로 숨어들었다. 그래서 미륵의 눈은 단박에 꽃을 발견하지 못하고 화분 언저리를 맴돌았다. 마침내 시야에 들어온 향기의 원천. 외줄기 꽃대를 따라 방향을 달리 잡은 다섯 송이 꽃들이 고요하게 피었다. 꽃은 난초의 혼이 드러난 것처럼 보였다. 그렇다면 난초는 참으로 고요한 영혼을 가진 식물이었다.

미륵이 거실 바닥에 털썩 앉았다.
그의 눈높이에 자줏빛 고요가 같이 앉아 있다.
이제 향기는 사라지고 대신 꽃이 그의 눈을 차지한다.
미륵은 고요의 향기를 두른 채 그림처럼 앉았다.
마치 화분이 된 것처럼 한참 동안 앉아 있었다.
무슨 작정이 있었던 건 아니었다.
아무도 없는 곳에서 피어난 꽃이 대견했던가.

그래서 함부로 할 수 없었던 것인가.

그랬다면 자신의 집으로 가져갔으면 되지 않았을까.

하지만 미륵은 그러지 않았다.

한참을 꽃 앞에 앉아있던 미륵이 그 여자한테 전화를 했다.

그녀는 부모의 주검을 제일 먼저 발견한 사람이었다.

장례식장에도 왔다. 그렇지만 사실 내내 불편한 여자였다. 형식적인 인사 외에 다른 대화는 없었다. 사람들이 물으면 마땅히 답할 말이 없었다. '이웃'이라고 하면 부모에 무심했던 자신의 행동을 만천하에 알리는 듯했고 그렇다고 함부로 둘러댈 수도 없는 존재였다. 어찌하였든 부모와 인연이 깊었던 여자임은 분명했으니까. 그런 여자에게 사람들의 관심이 몰리는 게 싫었다. 관심에 대한 답변을 요구할 게 분명했으니까. 그러나 미륵은 여자에 대해 아는 것도 없었고 모른다는 사실을 밝히고 싶지도 않았다. 모르는 사람이 부모의 마지막 모습을 발견했다는 말을 어떻게 하겠는가. 할 수만 있다면 여자의 존재를 없애고 싶었다. 하지만 그런 일은 불가능했고 사람들의 관심권에 들어오지 않기만 바랐다. 그래서 문상을 왔을 땐 애써 눈길을 피했고, 돌아갈 때는 보지도 못했다. 특별한 감사 인사나 작별 인사도 없이 헤어진 것이다.

그랬는데,

초록 잎 사이를 뚫고 피어오른 단아한 꽃 속에 여자가 떠올랐다. 꽃이 핀 난초 화분을 주고 싶었다. 망설임도 없이 연락처를 찾고 전화를 걸었다. 여자 목소리가 귀에 들리는데 얼굴도 같이 떠올랐다. 그때까지 여자의 얼굴을 잊고 있었던 모양이었다. 잊고 있었다는 걸 여자 모습이 떠오르는 순간 알았다.

여자는 미륵을 알고 있었다. 신분을 밝히자 알고 있다는 대답이 돌아
왔다. 발신자 표시가 되어 있었는지도 모르겠다. 무어라 적어놓았는지
모르겠지만. 간단한 인사가 끝나자 바로 본론으로 들어갔다. 부모가 키
우던 난초 화분을 갖다 주고 싶다고 했다. 화초를 키우고 싶은지, 좋아
하는지, 의향도 묻지 않고 가져다준다고 했다.

여자는 거절하지 않았다.

미륵은 난초 화분을 상자 안에 넣으면서 거실 끝에 서 있는 화분 하나
를 더 챙겨 넣었다. 상자에 자리가 남았기 때문이었다. 난초 화분을 넣고
상자를 들려고 하니 길쭉한 화분이 균형을 잃고 쓰러지려했다. 상자를
도로 거실 바닥에 내려놓는데 나풀나풀한 잎들을 가득 달고 있는 식물
이 눈에 들어왔다. 베란다와 경계를 나누고 있는 거실 문턱 바로 안쪽에
서 있었다. 제법 컸지만 들고 갈 정도는 되어 보였다. 미륵은 화분을 들어
난초 옆에 놓았다. 상자 안에 화분 두 개가 놓이자 안성맞춤이었다.

두 화분은 미륵의 품에 안겨 이동을 했다.

식물로서는 대단한 경험을 한 것이다.

단숨에 일어난 물리적 공간 이동이라는.

난초와 행복나무는 그렇게 여자의 집으로 가게 되었다.

새로운 집 거실로 옮겨진 난초와 행복나무.

옮겨지기 전까지는 노부부 집에서 오래 같이 살았다.

날마다 바라보고 때맞춰 물을 주고 적당한 햇빛 속에 옮겨주었다. 애

쓰지 않아도 살 수 있도록 아껴주었다. 물을 찾아 단단한 땅 속을 헤매는 뿌리의 수고를 덜어주었다. 모진 추위를 견디기 위해 잎을 포기해야 하는 아픔도 덜어주었다. 오직 형태를 유지하는 데 온 힘을 빼앗기지 않은 덕분에 제법 사색에 빠질 여유도 있었다. 사람이 끌어들이는 의식 속에 곧잘 들어가 있던 시간이기도 했다. 노부부의 의식 속에.

옮겨진 곳도 환경은 좋았고 애쓰지 않아도 살 수 있었다.

하지만 달라진 게 있다.

난초와 행복나무는 말이 많아졌다.

그들의 말을 알아듣는 존재가 생겼기 때문이다.

식물이 알아챈 것을 사람은 몰랐다.

들려주어도 들을 줄 몰랐다.

그것을 알아듣는 사람은 많지 않았다.

그러나 소년은 제법이었다.

제법, 이라고 말할 수밖에 없는 이유는 그가 아직 소년이기 때문이다. 그리고 소통이 완전하진 않다는 뜻이기도 하다. 들린다 해서, 단박에 온전히 알아챌 수는 없다. 온몸으로 감각하는 소년한테도 감각의 한계가 있으니까. 어쩌면 그 한계 때문에 소년의 세상살이가 그 정도로 가능한지 모른다. 아직은 소년의 몸이라는 한계가 감각의 홍수를 막고 있는 모양이다. 감각의 홍수에 쓸려가 버리는 대신. 그리고 성장과 함께 한계가 사라지고 결국엔 노련하게 만물과 소통하는 날이 올 것이다. 그때가 되면 소통이 주는 아픔과 혼란이 사라질 지도 모르겠다. 그날이 올 때까지 소년에겐 시간이 필요하다.

행복나무 잎이 흔들렸다.

난초의 긴 잎도 한들거렸다.

바람도 없는 거실에서 일어나는 일이다.

소년이 떠난 거실엔 아무도 없다.

***

소년은 밖으로 나가고 싶었다.

정확하게 말하면 냇가로 나가야 했다.

한참동안 거실에 앉아 있은 후였다.

거실엔 혼자 있지 않았다. 엄마는 설거지 하는 동안 혼자 놀라고 했지만 혼자가 아니었다. 화분의 식물이 자꾸 말을 했기 때문이다. 그래서 귀를 기울여 듣고 있을 수밖에 없었다. 그 화분은 할아버지 집에서 왔다. 한참 동안 못 보았지만 잊지 않고 있었다. 학교에 다니기 전에 처음 보았다. 엄마랑 그 집에 갈 때마다 보았기 때문에 다시 만났을 때 참 반가웠다. 같이 살게 되었다고 했을 때도 좋았다. 그런데 어쩐지 힘이 들었다. 식물이 계속 말을 하면 그랬다. 싫지는 않지만 힘이 들었다. 그럴 때는 밖으로 나가고 싶어진다. 갑자기 냇가가 그리워지는 것이다.

내는 소년의 집에서 내려다보이는 곳에 있었고 소년이 다니는 초등학교에서도 보였다. 아파트와 학교 사이를 흐르는 내는 소년이 매일 지나다니는 곳이기도 했다. 튼튼한 시멘트 다리를 건너면 바로 학교였다. 냇물이 늘 많지는 않아서 어떤 때는 그냥 냇바닥을 걸어서 건너갈 수도 있었다. 바닥엔 바위와 돌이 많아 징검다리가 되어 주었기 때문이다.

소년은 식물의 수런거림 속에 있고 싶었다.

냇가엔 나무가 줄지어 있고 봄부터 가을까지 꽃을 피우는 식물도 많았다. 그곳의 의식은 조화로웠다. 빛깔과 형태와 의식이 어긋나지 않았다. 자신의 빛깔과 모습대로 의식했다. 아니, 사실은 의식한 대로 존재했다. 그래서 존재 자체로 평온했으며 드러나고 사라지는 것에 흔들리지 않았다. 다른 것이 되려고 몸부림치지 않았고 변하는 것을 두려워하지 않았다. 식물에게 비와 눈과 햇빛과 바람과 추위와 더위는 같은 것이었다. 자연의 흐름 때문에 기쁘고, 화나고, 슬프고, 즐겁지 않았다. 아니, 그 모든 것이 같은 의미라 해야 맞겠다.

소년은 비가 와서 슬픈 것이 아니었다.

폭풍우 때문에 두려운 것이 아니었다.

늘 따뜻하기를 욕망해 본 적도 없었다.

자연의 순환 속에서 흔들리는 인간의 의식 때문에 힘들고 혼란스러웠다.

비는 떨어져 내릴 수밖에 없고, 바람은 이리저리 움직일 수밖에 없고, 그래서 대기와 온도는 늘 변할 수밖에 없다. 그것이 이곳의 본질이며 존재 방법이다. 그런데 비가 떨어지는 곳에서 비가 오지 않기를 욕망하고, 폭풍우 속에서 바람을 원망하고, 대기가 자신의 뜻대로 바뀔 수 없음을 한탄하는 것이다.

그렇게 조화롭지 않은 의식은,

늘 사람이 많은 곳에서 기승을 부린다.

병적이라 할 수 있을 정도다.

하지만 자연과 조화를 이루지 못하는 인간의 의식은 어쩌면 가벼운 병증인지도 모른다. 자신의 내면과 화합을 하지 못하는 것에 비하면. 그리고 사람과 사람 사이에 일어나는 불협화음에 비하면. 할아버지와 할머니의 의식 속엔 그런 고통이 고스란히 담겨 있었다. 이미 두 사람을 떠나버린 의식이지만, 그래서 더 이상 할머니와 할아버지를 괴롭힐 순 없지만, 의식의 흔적은 소년의 감각에 감지되곤 했다.

난초와 행복나무는 이미 살던 곳을 떠나왔다.

그렇다 해도 오랫동안 함께였던 의식을 당장 벗을 순 없는 모양이다.

더구나 그들의 말을 알아듣는 소년을 만났다.

노부부의 의식을 떠나보낼 때까지,

당분간 말이 많을 수밖에 없을 것 같다.

– 넋두리가 아니라고 하진 않겠어. 아니, 넋두리가 분명해. 하지만 들어볼만한 얘기가 될 거야. 살아가는 데 하나의 이정표 역할은 해줄 수 있을 것 같아. 할아버지와 할머니는 죽었고, 죽은 사람한테 이제 소망은 없어. 모든 게 완전해졌으니 소망이란 게 있을 수 없지. 그러니까 결코 무얼 바라고 하는 말도, 시시껄렁한 지식 자랑도 아니야. 자랑이 될 수 있는 몸이 없는 마당에 자랑이나 하자고 넋두릴 늘어놓는 건 아니지 않겠어.

19

무서웠어.

바보가 된 것 같았지.

영화표 한 장 사는 것도 간단치가 않았거든.

그게 무슨 말이냐고?

글쎄 말이야. 무슨 소리를 하는가 싶겠지. 취업 시험도 아니고, 더구나 간단치가 않다니. 기껏 영화표 구매를 두고 하는 소리 맞아? 설마 복잡하다는 뜻은 아니겠지? 그런 의심이 들기도 할 거야. 맞아. 알고 나면 복잡하지 않을지도 몰라. 익숙해지기만 하면 말이지. 하지만 익숙해질 시간은 턱없이 짧았고 변화는 빨랐지.

세상이 많이 달라졌잖아.

달라진 것을 대하는 마음이 복잡했는지도 모르겠어.

달라져버린 세상에선 쓰는 말도 달라져 있더라고. 무슨 소린지 모를 말들이 많았거든. 물론 변화를 거부한다는 뜻은 결코 아니야. 인간에겐 문명이 곧 역사이고, 문명은 역사의 기적이기도 하니까. 문제는 변하는 문명을 대하는 인간의 태도나 인격이지. 변화의 물결이 인격까지 휩쓸어 버리면 안되니까 말이야.

세상의 변화에 대한 이야길 하는 중이야.

변화를 쫓아가기 힘들었던 어떤 노인의 이야기이기도 하지.

***

모든 게 분명했어.

그때는 모든 게 분명해 보였어.

눈에 보이는 돈을 들고 가서 눈에 보이는 물건과 바꾸는 것이 아주 당연했지. 물론 젊음의 덕도 있었어. 눈이 더 밝았으니까. 사물은 선명하고 빠르게 지각되었고, 빠른 지각만큼 몸도 빨리 따라주었지. 그러나 노화된 눈은 번히 보고 있으면서도 지각하지 못했고, 당연히 반응도 굼떴지.

육체는 시나브로 변해갔어. 나날이 변해갔을 테지만 깨달음은 어느 날 문득 오더라고. 그리고 느리고, 흐릿하고, 둔해진 몸의 기능과는 반대로 세상은 더 세밀하게 쪼개지고 작아졌어. 심지어 보이지 않는 세계 속에서 움직였어. 확인하기도 힘든 인터넷이라는 세계로 사라진 세상. 마음은 오래된 기억 속에 주로 머물렀지만 몸은 바뀐 현실에서 움직여야 했지. 둔해진 감각으로 미세한 세상에 적응해야만 했던 거야.

육체의 노화에 발맞추어 마음의 노화가 따라주면 좋았겠지만 그렇진 않았어. 마음은 야속하게도 그런 육체를 지켜보기만 하더라고. 늙지 않은 감각으로 말이야. 자신의 육체에 일어나는 일이니 얼마나 생생하게 지각하겠어. 마음뿐이었지. 그래서 움직이지 못하는 육체에 갇힌 듯한 고통이 느껴질 때도 있었어.

맘대로 따라주지 않는 몸에 절망했다는 이야기를 하는 게 아니야. 육체의 노화를 받아들이지 못하겠다는 한심한 투정도 물론 아니고. 이건 세상을 바라보는 시각에 대한 것이지. 늙지 않은 마음이 늙은 몸을 바라보는 심정에 관한 것이기도 하고, 늙은 몸이 날마다 새로워지는 세상을 대하는 시각이기도 해.

지금부터 내가 살았던 세상 이야기를 할 거야.

도대체 무슨 소릴 하는 거야? 하는 생각이 든다면 내 심정을 이해하게 된 거라 할 수 있어. 내가 그랬으니까. 도대체 무슨 소릴 하는지 모르겠더라고. 그걸 간단하게 세대 차이라고 하더군.

서로에게 다른 세상 이야기가 될 거야. 내가 살았던 세상이지만 젊은 세대에겐 불편하고 복잡한 세상 이야기가 될지도 몰라. 그런 세상이 돌아온다면 살고 싶지 않을지도 모르겠어. 나처럼 영화표 사는 것도 간단치 않게 느껴질지도 모르지. 그렇게 느껴진다면 내 이야긴 성공이야. 어쨌든 의사소통이 이루어진 셈이니까.

그때는,

조그만 구멍으로 돈을 들이밀며 '두 장'하면 그만이었지. 그러면 눈에 보이는 표와 나머지 돈을 거슬러 주었어. 참 확실한 세상이었지. 거스름 돈을 지갑에 챙겨 넣고 좌석 번호가 적힌 표를 들고 극장 안으로 들어가기만 하면 돼.

앞서 상영되고 있는 영화가 끝나지 않았으면 극장 안을 서성거리며 포스터를 구경했어. 극장 안에 붙어있는 포스터를 살펴보는 재미가 컸거든. 좋아하는 배우를 자세히 들여다보기도 하고 개봉 예정인 영화 포스터를 살펴보는 것도 흥미로웠지. 영화에 대한 정보를 가장 잘 볼 수 있는 곳이니까 말이야. 인터넷을 이용하는 방법이 없던 시절이라 극장엘 가야 좀 더 자세한 정보를 얻을 수 있었어. 영화 선전 포스터가 길거리 벽보로 붙어있기도 했지만 훼손된 게 많았지. 그리고 차와 사람들이 다니는 길거리에서 찬찬히 들여다보게 되진 않더라고.

아, 참! 그땐 '영화관'을 '극장'이라고 했어.

이름처럼 다양하게 이용되었지. 극장에서 연극도 하고 가수들이 공연도 했으니까. 요즘처럼 예술 공연장과 영화관을 처음부터 다른 용도로 설계하고 짓는 것이 흔치 않았던 시절이었지. 그래서 한 극장에서 여러 영화가 동시에 상영되지 않았어. 물론 여러 개의 상영관으로 분리되어 있지도 않았지. 강당처럼 넓은 하나의 공간에서 단 한 편의 영화가 몇 주 혹은 몇 달씩 상영되는 방식이었어. 그러니까 극장을 선택하는 것이 바로 영화를 선택하는 것이었어. 그 극장엔 오직 그 영화를 보러 오는 사람들만 모이는 셈이야. 극장에 입장하는 순간 묘한 동질감을 느끼는 것도 그 때문이지. 그렇지만 진한 애정 장면이 나오는 영화를 보고 나올 때는 서로 얼굴을 외면하기도 해. 그리고 극장을 빠져나오자마자 재빨리 시내를 오가는 사람들 속에 섞여들었지.

기다리기가 지루하면 상영 중간에 안으로 들어갈 수도 있었어. 검고 무거운 커튼이 출입문 바로 안쪽에 늘어뜨려져 있어서 문을 열어도 밖의 빛이 그다지 방해가 되진 않았거든. 아니, 커튼 사이로 빛이 좀 새어 들어와도 힐끗 돌아보는 사람이 몇 있을 뿐이야. 불평도 그저 속으로 하는 정도였지.

출입문이 닫히면 아주 깜깜해서 잠시 그대로 서 있어야 했어. 어둠에 조금 익숙해지면 커튼을 살짝 젖히고 안으로 입장을 하지. 물론 화면엔 영화가 한창 상영 중이야. 서서 영화를 좀 보다 보면 그제야 좌석이 눈에 들어와. 빈 좌석이 있으면 더듬더듬 들어가 앉아 영화를 보는 거지. 빈 좌석이 없으면 나와 버리면 그만이고.

영화를 좋아하는 사람은 서서 보기도 해. 그리고 다음 회가 시작되는 시간에 비로소 제자리를 차지하고 보기도 하지. 좌석과 상영시간이 정해진 표가 있지만 얼마든지 중간출입도 가능해서 시간을 꼭 맞추어 갈 필요도 없었어. 바쁘면 상영 중인 영화를 보다가 제시간 상영 땐 못 본 부분만 보고 나오기도 했어. 진짜 영화를 좋아하는 사람은 몇 번이고 볼 수도 있었어. 서서 보는 것까진 막지 않았으니까.

융통성 있는 세상이었어.

물론 규칙이 엉성하다는 비판을 받을 수도 있겠지. 하지만 규칙이 많은 세상이 결코 궁극적으로 좋은 세상은 아닌 것 같아. 규칙이 많은 만큼 잘 지켜진다면 좋겠지만 세상이 규칙대로 공평하게 흘러가진 않아. 많은 규칙 속에서 긴장해 사는 사람이 있는 반면, 규칙 위에 군림하거나 약빠르게 피해가는 사람들이 생기거든. 어떤 법이든 틈은 있으니까 말이야. 대다수 사람들이 규칙을 지키는 동안 생겨나는 틈새 여유를 소수가 독점하게 되는 거지. 그래서 도리어 불평등이 심해져. 세상이 지금 그렇게 되어 가고 있다고. 소득의 불평등도 결국 수많은 법과 규칙의 틈새가 만들어 낸 산물인 셈이지. 곧이곧대로 지키는 자들이 오히려 바보가 되는. 심지어 법을 다 지키며 어떻게 사업을 하느냐 말도 거리낌 없이 하잖아.

모든 부자들이 그렇게 돈을 벌었단 뜻은 물론 아니야. 세상이 정말 그렇게만 흘러갔다면 정의니 사랑이니 도덕이니 하는 말도 사라졌을 테니까. 하지만 그런 말의 가치가 자꾸 희미해지고 있는 것도 사실이지.

어쨌든 법규들이 많아지고 까다로워졌어. 그런 법규들이 보이지 않게 사람들을 구속하고 있지만 자의로 선택한 거라 믿고 있지. 물론 그 믿음도 보이지 않는 손들이 교묘한 방법으로 심어준 것에 불과해. 그러니 깨닫지 못하는 동안엔 어디까지나 자유로 느끼는 거지. 마치 작은 우리에 넣어진 햄스터같이 말이야. 우리 속에 자신을 넣은 손이 있다는 걸 모른다면, 우리 안의 자유로운 움직임은 햄스터에겐 진짜 자유인 거지.

유행하는 노래도 마찬가지야.

좋아해서 듣는다고? 스스로 선택했다고?

어느 정도는 맞을지도 모르겠어.

그러나 당신이 선택하기 전에 그 노래는 어디 있었을까. 방송되기 전에 말이야. 설마 발로 뛰어다니며 찾아다닌 건 아닐 테지? 노래를 만든 사람으로부터 직접? 아님 가수로부터 직접 듣고? 그런 사람은 거의 없을 거야. 대체로 방송을 통한 선택이었지.

하루에도 얼마나 많은 노래가 태어나겠어? 그 많은 노래를 직접 듣고 선택하진 않아. 그럴 수도 없고. 누군가에 의해 선택된 노래가 방송이 되고, 당신은 비로소 그 노래를 알게 돼. 그럼 방송에 나올 노래 선곡은 누가 하는 거지? 글쎄? 하는 생각이 이제 들 거야. 그러니까 엄밀히 말하면 우리가 즐기는 노래도 처음부터 오롯이 우리의 선택을 받은 노래는 아닌 셈이지.

방송을 타게 되는 노래가 공정한 경쟁을 통해서 나오게 된다면 모르겠어. 물론 예술의 세계에서 공정이란 말이 타당한지는 모르겠지만 말이야. 그렇다 해도 우리가 듣게 되는 노래는 분명히 전적으로 우리의 선택은 아닌 셈이지. 이미 어떤 손에 의해 걸러진 것이니까. 어느 정도는 취향이 반영되겠지만 그건 이미 보이지 않는 누군가의 작업에 의해 걸러진 취향이라 할까.

사실 모든 유행이 다 그런 과정을 거쳐 우리에게 오는 거야. 우린 알게 모르게 그 길을 따라 가게 되는 거라고. 양들이 초원을 자유로이 돌아다니는 것 같아도 양몰이 개가 움직이는 반경 안에 있는 것처럼 말이야.

이야기가 곁길로 가버렸지만 크게 다른 내용은 아니야. 하지만 듣기 지루했다면 용서해. 노인이잖아. 노파심이라는 말이 있을 정도로 걱정도 많고 할 말도 많아서 그래. 그래도 이만큼 했으면, 내가 바보가 된 것 같았다, 란 심정이 허풍이 아니었다는 건 이해하겠지. 영화를 관람하는 문화가 엄청 달라졌다는 건 알았을 테니까 말이야.

물론 어떤 세상이든 산 사람은 살아가게 돼.

나도 어떻게든 살아갔어.

새로운 기기도 사용하고 영화도 보러 다녔지.

눈앞에 아른거리는 컴퓨터 화면 속에서 자리를 지정하고 신용카드로 결제도 했어. 인터넷 예매는 자신이 없어서 항상 현장에서 표를 샀지. 완벽한 적응은 아니지만 낙오자는 아니었다고. 종종 기분이 좀 낙오되긴 했지만 말이야. 현장 구매도 매끄럽지 않았거든.

컴퓨터 화면 속 좌석 평면도상에선 앞뒤 좌석이 재빨리 구분되지가 않아. 노인이 보기에 글자가 너무 작기도 해서 들여다보고 있는 시간이 길어져. 빤히 바라보고 있는 판매원의 눈길은 그렇다 치더라도 뒤에 줄서 있는 사람을 의식하지 않을 수 없어. 그래서 시작부터 쫓기는 마음이 돼. 그리고 카드 결제에 따르는 많은 질문. 포인트 적립 카드가 있는지. 할인 받는 카드를 갖고 있는지.

설마 수십 년 써온 모국어를 못 알아들을까. 새로운 용어가 빨리 귀에 들어오지 않았을 뿐이야. 새로 생긴 말은 외국어나 다름없었지. 외국어가 귀에 들어오지 않는 것이 장애는 아니잖아. 그런데 장애처럼 느껴졌지. 더구나 너무 빨리 말하고 너무 작게 말했어. 귀는 어두워지고 지각하는 속도는 느려졌는데 새로운 용어까지 섞인 빠른 말의 속도를 어떻게 따라가겠어. 결국 무슨 말인지 못 알아듣는 멍청이가 되는 수밖에. 멍청이가 되어 고개를 흔들게 되지. 말보다 고개가 먼저 반응을 해. 말이 빨리 나오지 않으면 어린애처럼 행동을 하게 되거든. 어린애가 원하는 것을 향해 손부터 뻗는 것처럼.

그래서, 많은 질문 앞에서 무조건 고개를 흔들게 돼. 할인이고 포인트고 포기해 버리는 거야. 묻고 싶은 게 있지만 질문도 하지 않게 되더라고. 다시 들어도 알아듣지 못한 경험이 많기 때문이지. 한 번에 알아듣지 못하고 재차 물었을 때 젊은이 얼굴에 퍼지는 딱딱한 불친절을 겪고 싶지 않았어. '불친절'이 아니라고 항변할 수도 있겠지. 말은 상냥했을 수도 있어. 하지만 그런 표정은 거친 말보다 더 심장에 꽂히거든.

노인의 심장은 이제 아기처럼 연약해졌어. 강한 힘으로 빠르게 움직이는 세상에서 강한 자들의 도움 없이는 따라갈 수 없는 심장이 돼 버린 거야. 아직 튼튼하게 발달하지 않은 아기 심장이 돼 버렸지만 아기처럼 보호받지 못하는 존재. 그게 노인의 약한 심장이 처한 슬픈 운명이지.

그런 심장을 가진 노인에게 힘차게 질주하는 세상은 두렵게 다가와. 빠르게 지나가는 모든 것들은 세찬 바람을 일으키거든. 그 바람을 타고 갈만큼 빠르지 못하고 버틸 만큼 강하지 못하면 쓰러지고 마는 거지. 속도를 내는 자들의 배려가 없으면 그저 서 있는 것조차 힘에 부쳐.

그 두려움의 무게를 젊은이는 알지 못해.

모르고 저질렀던 자의 무심한 행동까지 나무라고 싶진 않아.

하지만 그 젊은이가 자식일 땐 참담해서 눈물도 나지 않지.

아직 노년을 겪어보지 못한 몸이라 어쩔 수 없겠지, 그런 생각이 들어도 야속한 마음까지 감출 순 없었어. 자식은, 노심초사했던 과거의 증거 같은 것이니까. 기억이 존재하는 동안 마음을 비우는 건 불가능이었지. 혼자서는 아무것도 할 수 없었던 생명을 지켜보며 길러냈던 부모이기 때문에 그런지도 모르겠어. 한시도 마음을 쉬지 않고 잠시도 눈을 떼지 못했어. 길게 이어지는 편한 잠도 포기했지.

그렇게 키워냈던 시간이 있었어.

돌려받자는 게 아니야. 자식을 키우는 일이 빚을 지우는 일도 아니고 부모가 자식의 빚쟁이는 아니니까. 하지만 자식은 그렇게 편하게 잊어버리면 안 되는 거지. 공(功)을 잊어버리는 건 준 사람의 몫이니까. 빚은 지지 않았지만 덕은 입었다고 할 수 있지 않겠어. 그 덕으로 세상에서 사람구실을 하고 살게 되었다면 말이지. 입은 덕에 대한 고마움 같은 것도 없었단 말인지. 그것도 아니라면 노약해지는 생명에 대한 안타까움 같은 것이라도.

스물네 시간이 아니라 한 시간도,

아니 일주일에 한 시간도,

아니 한 달에 한 시간도 지켜볼 마음을 내지 않았어.

아주 가끔이라도 오롯이 지켜봐 주는 시간이 있었다면,

고립무원의 고독감이 들지는 않았을 거야.

그건 분명해.

죽고 나니 더 분명히 보여.

***

물론,

위로를 하려고 왔겠지.

그랬다고 말하고 싶을 거야.

하지만 행동은 그렇지 않았어.

미륵이 너는,

잠깐이라도 온전히 부모와 마음을 나눈 적이 없었어. 반박하고 싶겠지만 이제 변명할 시간도 줄 수 없어 유감이다. 하지만 시간을 주었다 해도 반박은커녕 도리어 참회의 시간이 되어 버렸을 거야. 참회의 아픔이 얼마나 쓰린지 넌 아직 몰라. 그러니 차라리 다행이라 생각하는 게 좋을 거야. 부모 살아생전에 그럴 시간이 주어지지 않았던 것을. 지금은, 이 시간만이라도, 그냥 제대로 귀를 기울이는 시간이 되어도 좋겠어.

네가 부모를 찾아와 보낸 시간은,

혼자 휴대폰을 들여다보고 있는 시간이었지.

멍청히 앉아 다른 데 마음을 두고 있는 시간이었어.

부모와 같이 보낸 시간이 아니라,

같은 공간에만 있던 시간이었지.

동상이몽으로 시간만 보냈던 거야.

부모가 처한 상황에, 마음에, 집중하지 않았어.

같이 밥을 먹고 있던 밥상에조차 마음이 없었지.

늙은 어머니가 차린 밥상에조차.

그 밥상은 그냥 밥상이 아니었다.

구원을 요청하는 소리 없는 외침이었다.

외침은 공허하게 사라졌지.

그래서 같은 공간에 있으면서 더 외로웠다.

부모가 외로우면 물론 자식도 행복하진 않아. 네 불행에 마음이 쓰였다. 그렇지만 그 마음을 다독여줄 수 없었다. 그러기엔 부모 마음이 너무 낡아버렸어. 알다시피 그땐 그랬다. 그리고 너는 이미 홀로 설 수 있는 커다란 세계였다. 나뭇잎이 무성한 큰 나무였지. 제대로 그늘을 만들어 수많은 여린 생명을 강한 햇빛으로부터 지켜줄 수 있었어. 부모 그늘은 필요 없어졌지만 부모의 그늘이 되어 줄 수는 있는.

집에 왔을 때만이라도, 한 시간이라도 제대로 시간을 내 주었다면, 세상은 분명 그토록 두렵지 않았다. 비록 어린애처럼 그늘이 필요한 노인이 되었지만 어린애는 아니니까. 노인은 이 세상에선 이미 유경험자니까. 약간의 조력만으로도 충분했어. 살아왔던 세상이고, 자식을 낳아 길러 내보냈던 세상이고, 직업을 가지고 독자적으로 살림을 꾸려왔던 세상이니까. 세상이 변했다 해도 변화의 바다에서 태어나고 자란 혈육이 있었거든. 그 혈육이 변화무쌍한 바다와 우릴 연결하는 매개물이었어. 조력자가 되어 주었던 거지. 그래서 모르는 젊은이의 딱딱한 얼굴쯤은 혈육의 얼굴 속에서 눈 녹듯이 녹아 두려움으로 굳어지진 않았어.

미나가 있을 때는 그랬다.

두렵지 않았어. 세상이 변했다는 것도 몰랐지. 아니, 세상이 변한 줄은 알았지만 여전히 사람 사는 세상이었어. 어려운 게 없었고 어려운 줄도 몰랐어. 휴대폰이 세상에 나왔을 땐 미나와 같이 새로운 세상을 사러 나갔고 기기가 바뀌어도 문제가 없었지. 언제든 도움을 주는 조력자가 곁에 있었으니까. 사실은 미나가 아니면 사용하는 방법도 몰랐지만, 그게 뭐? 하며 살 수 있었지. 언제든 물어볼 수 있는 해결사가, 언제든 연락이 닿는 곳에, 활짝 팔을 벌리고 있었으니까. 미나가 어학연수로 일년 가까이 외국에 나가 있을 때도 괜찮았어. 모르면 동네 젊은이한테 물어도 상관없었어. 그래봤자 미나가 곧 돌아오니까. 돌아온다는 걸 알고 있었으니까. 세상과 연결되어 있다는 믿음이 있었으니까. 오늘이 아니면 내일, 내일이 아니면 그 다음날이 있다는 믿음이 있었으니까.

사실은,

미나가 영원히 우리 곁을 떠났을 때도 몰랐어.

그 아이가 그런 존재였다는 걸 몰랐지.

미나는 부모의 세상까지 가지고 떠나버렸다.

미륵아,

네가 왔을 때 비로소 알았다.

불안도 같이 왔던 거지.

넌 도움이 필요한 일을, 필요한 때 해주지 않았다.

네가 바라던 부모의 모습이 아닌 것에 먼저 절망했다.

짐이 되지 않는 부모만 원했다. 아무런 짐도 지지 않으면서 짐스러워했다. 미리 절망부터 했다. 너의 절망 앞에서 나는 절망했다. 세상과 연결하는 끈이 끊어졌음을 알았고 절망했다. 누구한테도 말하지 못할 절망에 크게 상처입고 말았다.

네 어머니가 쓰러졌을 땐 정말 두려웠다.

자식을 키우던 그때보다 더 겁이 났다. 어린 자식이 아플 때 느꼈던 두려움이 생생하게 살아나기도 했지만 많이 달랐다. 자식을 키울 땐 아내와 함께였다. 든든한 동반자가 있었지. 의지하고 의논할 상대가. 그런데 그 동반자가 무너져버렸다.

너무 떨리고 겁이 났지만 울고만 있을 수도 없었어. 네 어머니는 아기보다 더 손이 가는 상태가 되었고, 그런 어머니 곁에는 나밖에 없었다.

그리고 내 곁엔 아무도 없었지. 나에게 너는 없었다. 처리해야 할 짐을 절망의 눈으로 바라보는 낯선 사람의 눈길이 있었을 뿐이었다.

무서웠다.

아주 두려웠어.

나도 그때는 부모가 필요했지.

오래 전에 돌아가신 어머니가 몹시 그리웠어.

허둥지둥 안전한 어미 품을 향해 달려가는 병아리 같은 마음이었다.

솔개의 날개 그림자가 땅을 덮으며 따라오는 공포와 절망 속에 있었다고.

20

생명은 알수록 신비해.

모두가 정해진 대로 흘러가는 것 같지만 똑같지는 않잖아. 어떤 아기도 자로 잰 듯이 같은 방법으로 키울 순 없어. 모든 인간의 양육에 맞는 틀은 없는 거지. 그래서 확고부동했던 지식은 새로운 도전 앞에서 혼란을 일으켜. 그러나 혼란에 빠지는 게 나쁜 건 아니야. 자연스럽게 받아들여야 할지도 모르겠어. 지식의 벽이 너무 견고하면 다른 지식을 받아들이는 데 방해가 될 수 있거든. 지식이 어차피 누군가로부터 온 것이란 걸 안다면 벽을 쌓는 것이 얼마나 어리석은 짓인지도 알게 될 테지. 그렇지만 벽 안에선 다른 것이 잘 보이지 않아. 세밀하게 볼 수는 있어도 조망이 안 되는 거지. 벽을 뛰어넘는 통찰의 지혜가 필요한 이유가 바로 거기에 있어.

어린 아이는 복잡한 그림책에서 아주 작은 나비도 신통하게 찾아내. 전체의 조화나 큰 움직임은 보지 못해도 말이야. 하지만 아무리 작은 것도 홀로 움직이는 법은 없지. 어떤 커다란 질서 속에서 움직이며 존재해.
조망이 되면서 그런 것들이 보여. 모든 것은 전체의 부분이면서 독립된
개체인 걸 알게 되는 순간, 사실은 아무것도 모르고 있었다는 사실에 충
격을 받는 거지. 세상이 어떤 질서에 따라 움직이고 있다는 건 바로 우주
가 살아있는 거대한 생명체라는 거잖아.

우주가 생명체라는 깨달음 앞에 서면,

모든 것이 한없이 신비하게 다가 와.

나 자신까지도 신비하게 다가오는 거지.

그리고 엄청난 자각 앞에 새삼 두려워져.

생명에 대한 경외감으로 자연 앞에 아주 겸손해지고 말이야.

그건 세월이 선물한 지혜라고 할 수도 있어.

지식이 아는 것을 자랑하는 것이라면,

지혜는 모르는 것을 인정하는 것이지.

어른이 소꿉놀이를 한다면 바로 그런 모습이었을 거야.

도로 아이가 되어 미나 돌보기 놀이에 푹 빠졌지.

아기를 꼭 젊을 때 키우는 것만이 능사는 아니더라고.

힘에 부치긴 했지만 요령과 경험이 상쇄해주는 것도 많아서 괜찮았어.

젊음은 그 자체로 생명력이 넘치지. 하지만 생명의 신비함에 대한 자
각은 오히려 부족해. 지켜보는 일에 익숙해져야 하는데 자꾸만 성장의
흐름에 끼어들어 조작하려고 하지. 참고 지켜보는 일 자체를 견디기 힘
들어 하는 거야. 지켜보는 것도 양육이란 인식이 부족하기 때문인지도

몰라.

하지만 아이는 성장 중이고 모든 것이 미성숙한 상태야. 사회적 소통 방법도 익숙하지 않고 말도 잘 못해. 그러니 자기표현이 완전할 수도 상식적일 수도 없지. 부모가 보기엔 그야말로 '돌발'처럼 느껴질 수 있어. 어른의 상식으론 알 수 없는 짓이라 해도 아이에겐 이유가 있는 행동인데 말이야. 이유를 모르니 인정을 할 수도 없어. 그래서 더 강력하게 아이의 행동에 개입하게 되고 말이야. 양육자의 개입이 지나치면 어린 생명도 자연스러운 성장의 길을 갈 수가 없어. 방해가 된다고 느끼는 거지. 그래서 더욱 심한 '돌발'이 나타날 수도 있어. 모든 생명은 스스로 가는 길이 있다는 걸 모르면 몹시 힘들게 느껴질 수밖에 없어. 급기야 양육이 짐스러워지는 거지. 그래서 끝없이 보살펴야 하는 일에 마음이 먼저 지쳐버려. 마음을 이기지 못하는 몸이 지치는 것은 시간문제야. 심신이 지치면 제대로 아이를 돌볼 수가 없는 것이고.

물론 젊은이가 아이 키우는 방법을 모른다는 뜻은 아니야. 더 많은 육아 이론으로 무장됐는지도 모르겠어. 하지만 지식이 곧 행동을 결정하는 건 아니니까. 아는 대로 실천하는 데 필요한 덕목은 용기보다 인내일지도 몰라. 양육의 결과는 몹시 더디게 나타나니까 말이야. 그리고 잘못된 결과가 나타났을 땐 몇 배의 노력으로도 제자리로 돌리기가 힘들지.

맞아. 아이를 키우는 일에 왕도는 없어. 오롯이 몸과 마음을 다 바쳐서 해야 하는 가장 고도의 작업인 건 분명해. 그러니 경험자나 비경험자나 힘든 건 마찬가지일거야. 물론 시행착오가 양육자의 행동을 바꿔줄 수도 있겠지. 하지만 요즘은 아이를 많이 낳지 않으니 부모가 시행착오로 얻은 것을 써먹을 일도 별로 없어. 그래서 점점 아이를 잘 키우는 기술은 퇴화되고 있는지도 몰라. 한두 번이면 끝나버리니까 말이야. 그런 의미에서 세월이 주는 지혜로 무장한 늦둥이 부모의 양육이 나쁜 것만은 아니더라는 거지.

그리고 또 아주 중요한 사실을 알았지.
남편이 진짜 아버지가 되어 준다는 것의 의미를.
나이가 좀 들어야 할 필요가 있을지도 모르겠어. 물론 생각의 전환이 필수겠지만. 어찌하였든 당신이 그 본보기지. 아주 다른 아버지가 되었으니까. 미륵은 혼자 키우다시피 했지만, 미나는 아니었어. 당신은 출근 전까지 미나를 돌보고 퇴근하자마자 놀아주었지. 휴일엔 하루 종일 셋이 같이 지냈어. 마치 소꿉놀이를 하는 것 같았지. 분명 육아에만 매달려 있었지만 그게 좋았어.

그런 삶이 그렇게 재미있다는 걸 미륵이 때는 몰랐거든. 자꾸 다른 삶을 엿보았지. 탓을 하고 싶진 않지만 당신의 태도에 영향을 받은 건 사실이야. 양육은 오로지 여자 일이란 듯 관심이 없었잖아. 그러니 당신이랑 삶을 나누고 있다는 느낌이 있었겠어? 혼자라는 생각 때문에 더 힘이 들었을지도 몰라.

사실 미륵이 돌보는 일 외에 그때 내가 무슨 일을 할 수 있었겠어. 그런데도 육아 때문에 근사한 일을 못하고 있다는 불만이 생기기도 했지. 당시엔 아이가 크는 걸 지켜보며 놀아주는 것이 세상에서 제일 근사한 일인지 몰랐지. 당신한테 생긴 불만 때문에 내 삶을 불평했어. 불평의 화살이 종종 가장 가까운 아이한테로 향하기도 했지. 물론 내 탓이야. 현명하지 못했어. 당신의 무관심한 마음에 내 마음을 온통 집중시킬 필요까진 없었는데. 기운을 엉뚱한 곳에 쓰고 있으니 더욱 힘이 들 수밖에.

맞아. 난 다른 방법을 찾아야 했어. 내 마음을 이야기하거나, 아니면 차라리 당신을 이해하려고 해야 했어. 사회적 역할이 한창 무거울 때라는 걸 몰랐던 것도 아닌데 말이야. 조금만 시각을 돌려도 너그럽게 봐줄 수 있었어. 그런데 그 무렵엔 그러지 못했어. 아는 것이 행동으로 드러나진 않았지. 그때는 나도 젊기만 했으니까.

당신과 같이 미나를 돌보는 시간이 많아지자 옛날 생각이 났어.

'같이'라는 느낌이 없어서 그랬다는 걸.

당신이 출근하면 하루 종일 혼자 미나를 돌보는데도 힘들단 생각을 하지 않더라고. 나이가 있으니까 물론 힘이 들었지. 하지만 마음까지 지치진 않았어. 당신이 퇴근하면 미나를 도맡아 버리는걸 아니까. 당신이 기다려지면서 힘이 났어. 같이 하는 사람이 있더라고. 생활을 같이 하는 사람. 미나를 같이 바라보는 사람. 같이 지켜주는 사람이.

그곳이 인적 없는 광야라 하더라도,

같이 하는 사람이 있다면,

기다릴 사람이 있다면,

반드시 온다는 걸 안다면,

견딜 수 있다는 걸 알았지.

거친 광야에서도 아름다운 걸 찾을 수 있더라고.

하루 종일 미나와 둘이 있던 집에 당신의 인기척이 들리면 광야에 꽃이 피는 것 같았어. 그리고 아이를 보고 좋아하는 당신의 얼굴. 정말 힘이 솟게 하는 보약이었지. 퇴근하자마자 미나를 안으면서, 힘들었지? 하는데 진짜 새로운 기운이 솟았어. 힘은 음식으로만 얻는 게 아니었어. 아무리 힘든 일도 알아주는 사람이 있으면, 같이 나누는 사람이 있으면, 재미있는 일이 되는 걸 알았지.

미나는 평화롭게 주어진 생명의 길을 갔어.
부모의 평온함이 자식의 순조로운 성장에 가장 좋은 영양이 되는 건 분명해. 미나가 그렇게 즐거운 아이였다는 게 그 증거겠지? 그래도 참 신기해. 세상에 그렇게 마냥 즐거운 아이도 있을까? 사춘기가 지나도, 성인이 되어도 변하지 않았어. 그게 미나한테 예정된 생명의 역할이었을까.
미나는 정말 시끄러운 아이였어. 옹알이도 유난했지? 하루 종일 무슨 말인지 모를 소리를 새처럼 지저귀고 웃음소리는 또 얼마나 근사했는지. 구슬이 굴러다니며 주변을 모조리 청소하는 것 같지 않았어? 미나가 웃으면 세상이 환해졌지. 이건 내 말이 아니고 당신이 한 말인데? 어쩌 못 믿는 표정이네. 당신 그건 인정해야 해. 당신이 나보다 미나한테 더 밀착되어 있었다고. 우릴 아는 사람들은 다 그렇게 말해. 난 그래도 미나가 대학생이 되면 그러지 않을 줄 알았어. 아니, 직장인이 되었는데도 그렇게 할 줄 몰랐지. 매일 출퇴근을 같이 하는데 어떻게 눈에 띄지 않을 수가 있겠어. 미나를 자전거 뒤에 태우고 아파트를 드나드는 당신을 보지 못한 주민은 없을 걸. 어떤 사람은 엄마 없이 부녀만 사는 집인 줄 알았대.
사실 제일 신기했던 건 미나의 생활 습관이겠지? 사춘기만 되어도 독립, 을 외치며 방문을 걸어 잠근다는데 미나는 도무지 그럴 기미도 없었어. 거의 같은 공간에서 함께 지냈으니까. 공부도 숙제도 거실에서 했으니 말이야. 제 방에는 잠 잘 때나 들어갔지. 그래서 당신은 미나 나이도 잊고 그렇게 할 수 있었을까?

미나가 없었으면 어떻게 살았을까?

그런 생각조차 해본 적이 없었어.

나중에 생각해보니 그랬더라고.

처음부터 같이 존재했던 것 같았어.

온천욕도 셋이 같이 했잖아. 가족탕이란 게 있어서 정말 다행이었지. 미륵이 때는 그런 게 없었나? 하긴 남녀가 분리되는 게 너무 당연해서 생각도 해보지 않았으니까. 그만큼 절실하지 않았던 거지. 죽어도 가족이 흩어지기 싫었다면 방법을 찾았을 거야. 하지만 아무런 고민도 없이 아주 자연스럽게 분리되었어. 어릴 땐 내가, 좀 컸을 땐 당신이 데리고 들어갔지. 미륵이 섭섭할 만도 했어. 우리가 미나를 너무 챙긴다고 역정을 낸 것도 사실은 섭섭하단 소리였는데. 당신은 미나 일이라면 펄쩍 뛰기만 했지. 들어보지도 않고 말이야. 미륵이 말이 맞아. 챙기는 정도가 아니라 한몸으로 살았더라고. 미나가 밥 먹는 시간에 밥을 먹고 미나가 자는 시간에 자곤 했으니까. 당신, 미나가 대학입시 수험생일 땐 같이 새벽밥 먹고 밤참도 같이 먹었잖아.

의심도 없이 셋이 소꿉놀이를 한 거야.

한바탕 꿈이었지.

꿈에서 깨어날 시간이 다가오고 있었지만 도무지 알지 못했어.

그건 몰랐어.

알 수 없었기 때문에 그렇게 흠뻑 빠져 지낼 수도 있었겠지.

상상이나 했겠어? 소꿉놀이가 파장이 나는 걸.

그렇지만,

상상도 할 수 없었던 세상을 남겨놓고,

미나는 떠났어.

21

그런 걸 소명이라 하는 것일까.

피아노 소리가 보일 때도 환영인 줄 알았다. 할아버지를 떠올리고 그 집을 찾을 때까지도 마음은 제멋대로 놀고 있었다. 확신이나 예감 같은 것이 의식 밖에 떠돌았는지 모르겠지만, 심중에는 아무것도 담아 두지 않았다. 그럴 수도 없는 일이고 그래서는 안 되는 일이니까.

아무런 대책도 없이 집 앞에 섰다.

가슴이 마구 뛰었다.

하지만 두렵지는 않았다. 사실은 예감하고 있었던 것이다. 신비한 경험으로 치부하고 던져두기엔 필연성이 너무 짙었다. 똑똑히 보았던 것이 사라질 수는 없다. 모른 척한다고 없던 일이 될 수도 없었다. 애써 마음에서 밀어내었지만 진실은 떠나지 않았다. 여자 곁에 바짝 붙어 따라오고 있었던 것이다.

노부부의 주검 앞에 섰을 땐 몹시 분명해졌다.

해야 할 일이 무엇인지 확실히 보였다. 다른 생각은 하지 않았다. 누구나 가야 할 길을 가신 분들이었다. 부부의 세상 소풍은 그렇게 끝났다. 비참하진 않았다. 오히려 편해보였다. 여자가 보았던 가장 평온한 모습이었다. 의지가 사라졌기 때문인지도 모르겠다. 삶의 의지는, 움직일 수 없게 됨으로써 필요 없게 되었다. 그리고 의지가 사라진 몸은 남은 자의 의지에 맡겨질 수밖에 없다. 여자는 남은 자의 책임을 수행하기 시작했다. 책임이라고 하기엔 무리일 수도 있겠지만 어쨌든 여자는 주검 앞에 혼자 있었다. 혈육에게 알려지기 전까지는 그녀의 책임이었다. 아니, 알려야 한다는 책임감을 갖고 있었다.

거기까지만 하면 되었다.

여자도 그렇게 생각했다.

가장 가까운 연고자인 아들이 왔고 장례절차가 진행되었다.

그런데 그 곁을 쉬 떠나지 못했다. 어찌하였든 1년 가까이 드나들었던 인연이 있었다. 그걸 노부부 아들인 미륵이 몰랐던 것뿐이다. 그렇다 하더라도 노부부는 이제 이 세상 사람이 아니다. 그리고 상주(喪主)인 미륵 입장에선 생판 낯선 여자. 노부부가 없는 집에 여자가 설 자리는 없어보였다. 상주의 호의가 없는 집에선 더욱 그랬다. 호의는커녕 불편한 기색이 역력했다. 상주의 못마땅한 눈길을 받으면서 영결식도 함께 했다. 그렇게까지 할 필요는 없다. 여자도 자신에게 그렇게 말했다. 최초 발견자로서 진술이 필요했지만 병사인 것이 확실해서 간단하게 끝났다. 그

후의 모든 일처리는 당연히 상주 소관이었다. 여자가 바로 집으로 돌아가도 이상하지 않았다.

그런 불편한 눈길을 감수하면서 떠나지 못한 이유가 분명 있는 것이다. 속마음은 그랬다. 마지막 배웅을 하고 싶었다. 그래서 미륵의 눈총을 의식 밖으로 몰아냈고 그 자리에 노부부와 함께한 추억만 담았다. 다만, 그런 의식이 드러나지 않았을 뿐이다.

미륵의 심중은 더욱 분명치 않다.

여자를 불편해했던 미륵이 난초와 행복나무 화분을 들고 왔다. 식물은 노부부 집에서 키우던 것이었다. 여자의 눈에도 익숙한 화분을 들고 미륵은 그녀 집을 찾아왔다. 심중이 궁금해야 했지만 묻지 않았다. 그리고 주문한 물건을 받듯 자연스럽게 집에 들여놓았다. 전화를 받았을 때도 그랬다. 아무것도 묻지 않고 받겠다고 했고 가져다준다기에 주소를 알려주었다. 집 안에 들어오는 것도 선선히 받아들였다.

미륵은 화분을 거실까지 배달했다. 물론 여자가 들기에 무리일 수는 있었다. 행복나무는 키가 여자만 했으니까. 그렇다 해도 굳이 미륵을 집으로 들이고 싶지 않다면 방법은 있었다. 현관이나 문 밖에 두고 가게 할 수도 있었다. 그리고 남편의 퇴근을 기다리면 되었다.

그런데 둘은 자연스럽지 않은 일을 아주 자연스럽게 했다.

서로 불편한 사이였다는 걸 잊었다.

심중에 아무런 생각을 두지 않았다.

미륵은 어머니한테 자식을 데려다주듯 화분을 거실로 옮겼다.

여자는 반가운 손님을 들이듯 화분을 맞이했다.

현관을 들어서는 잎이 인사를 하는 것 같았다.

미륵은 홀가분한 모습으로 돌아갔고,

여자는 거실에 나란히 놓인 식물을 향해 손을 흔들었다.

***

사람은 어쩌다 홀로,

자연에서 멀어진 외톨이의 길을 가게 되었을까.

그 길이 얼마나 황폐한 길인지 참말 모르는 것일까.

생각?

왜 생각이라는 걸 할까.

아니, 왜 그렇게도 제멋대로인 생각을 할까.

식물이 움직일 수 없다는 생각은 언제부터 하게 되었을까.

사람 눈에 보이는 것만,

아니, 보이는 대로가 전부라는 의식은,

언제부터 시작되었을까.

보이는 대로만 움직여선,

팔랑거리는 나비 한 마리도 제대로 잡을 수 없는데 말이다.

바다를 향해 하늘에서 내리꽂히는 바다 새를 보았다면,

출렁이는 파도 속에서 물고기를 낚아채는 새의 시력을 생각한다면,

사람의 시력은 하품 나는 수준이 아닌가.

분명 움직임을 온전히 볼 수 없는 눈을 가졌다.

그런 눈으로 식물이 움직이지 못한다고 규정하다니.

움직이지 않아서가 아니라 움직임을 볼 수 없었던 것이다.

사람은 그 사실을 알지 못하는가.

그들의 감각 기관이 얼마나 불완전한지를.

물론,

식물의 움직임은 분주한 동물의 움직임과 다르다.

분주함에 현혹된 눈이, 고요한 식물의 움직임을 포착하지 못할 뿐이다. 사실, 식물은 움직이지 않는 것이 아니라 그럴 필요가 없다. 어차피 모든 현상은 의식이 만들어내는 것이고, 현상은 의식 속에 존재한다. 그리고 식물의 의식은 보다 더 고요하다. 고요하기에 더 세밀하게 감각하고, 그래서 더 완전하게 현상을 감지한다. 움직이는 물결이 달그림자를 온전히 담아낼 수 없듯이, 분주한 의식은 다른 의식을 제대로 감지하지 못한다. 그러니 식물이 움직이지 않는 게 아니라, 사람이 그걸 감지하지 못한 것이다.

물체도 제대로 볼 수 없으니 의식은 오죽할까.

그런 면에서 인간은 너무 둔하거나 아님 건방지다.

심지어 불안하고 분주한 의식으로 세상을 규정짓고 장담까지 한다.

그 용기가 가상하다고 해야 될까.

슬프다.

어쩌다 제대로 감지하는 사람이 나타난다 해도,

알아보는 사람이 많지 않다.

도리어 더욱 불완전한 사람으로 취급되곤 한다.

소년도 불완전하다.

인간 세상에선.

오래 전에,

소년 같은 사람이 더 많았던 때가 있었다.

소년처럼 감지하고 인식하고 존재했다.

그렇게 생각이 분주하지 않았고,

그렇게 분주하게 돌아다닐 필요가 없었다.

고요하게 서로를 의식하고 이해했다.

그건 만물에 통용되는 것이었다.

서로 다른 개체의 모습으로 존재했지만,

본질은 다르지 않았다.

그래서,

개체가 사라지면 모두 같은 물질이 되는 것이다.

달리 말하면,

같은 물질에서 온 것이다.

그러니 당연히 서로 분리될 수도 없었고,

그걸 알고 있었다.

식물 속에서 움직이며 존재하던 모든 동물은,

그 사실을 알고 있었다.

본질과 가장 가까운 모습인 식물은 어디서나 빠르게 적응했다.

그런 식물 덕분에 다른 생명체도 모습을 드러낼 수 있었다. 사람은 그 속에서 가장 늦게 모습을 드러낸 생명체였다. 사람이 본질과 제일 멀어진 이유가 있다면 아마도 이 때문이 아닐까. 자신의 뿌리이며 본질인 식물과 멀어지고 있는 인류. 아니, 끊임없이 본질을 없애버리고 있는 오늘날.

그들의 의식은 몹시 위태롭다.

이제 식물과는 교감조차 어렵게 되었다. 그래서 식물과 교감하는 사람이 있다 해도 이해하는 사람조차 드물다. 이제 그런 사람의 존재를 기적이라고 생각해주는 것이 다행일 정도다. 함께 사는 것들과 소통되지 못하다니. 소통의 단절은 결국 생명의 단절로 이어지기 십상이다. 그러니 이런 사태는 식물한테도 위기라고 할 수밖에 없다. 하지만 위기는 방법을 찾아내는 촉발제가 되기도 하는 법. 서로 이어져 있다는 의식이 서로를 살리는 길임을 식물은 알고 있다.

소년의 집으로 옮겨지던 행복나무는,

그래서 필요 이상으로 잎을 흔들며 의식을 과시했다.

남자의 팔에 안겨 현관으로 들어설 때 여자를 의식했고,

가능성을 감지했다.

흔들리는 잎에 여자의 의식이 동조하는 걸 보았다.

같은 의식으로 이어진 난초도,

화답하듯 긴 잎을 힘차게 움직였다.

22

봄 햇살이 어지럽다.

여자는 그늘에 앉아 지켜보기로 한다.

- 어디 가니?

- 냇가에 가요.

소년은 여자를 돌아보지 않았지만 대답은 했다.

내는 아파트 뒤에 있는 숲 사이를 흘러간다. 아파트가 들어서기 전에는 일대가 모두 산이고 들이었다지만 지금은 빌딩 숲에 가려 진짜 숲은 초라해 보인다. 그래도 오솔길을 따라 숲으로 들어서면 숨이 가빠지는 산길이다. 높은 아파트 때문에 상대적으로 낮아 보이지만 숲은 분명 산이었다. 크고 울창한 나무가 뿜어내는 숲의 향기 속에 산의 위용이 있었다. 숲 밖에서 보는 것과 많이 달랐다. 처음 산에 올랐을 때 느꼈던 감동이 여자한테 강렬하게 남아 있다.

숲은 아들과 함께 산책을 나가는 곳이다.

여자는 숲에 간다고 하지만 소년은 늘 냇가에 간다고 한다. 숲은 여자한테만 강렬했던 모양이다. 냇물이 숲을 지나고 숲이 냇가에 있긴 하지만 두 사람이 부르는 말은 언제나 다르다. 비가 많이 오는 한여름에는 이름처럼 냇물이 소리 내어 흐른다. 그러나 겨울에는 거의 말라버려 냇물이라 부르기가 미안할 정도다. 그래도 소년한테 그곳은 언제나 냇물이 흐르는 곳인지도 모른다. 여자의 숲이 겨울에도 울창하듯이.

꼼짝도 않고 거실 소파에 앉아 있은 지 한 시간이 지나고서야 일어났다. 차라리 밖으로 나가는 것이 낫겠다, 일어나 걷는 것이 좋겠다, 싶은 생각이 들만큼 긴 시간 미동도 없었다. 그만 일어나라, 는 말이 목까지 차올라오는데 소년이 자리를 털고 일어났던 것이다.

오늘은 무엇이 아들을 사로잡았던 것일까.

여자는 소년을 내보내고 외출 채비를 했다. 냇가에 간다고 했으니 분명히 그곳에 있을 것이다. 그래서 마음이 조급하진 않다. 나가는 걸 몰랐을 때 일어날 수 있는 불상사는 없을 것이기 때문이다. 어디로 갔는지, 어디에 있는지 모를 때는 초조할 수밖에 없다. 특히 한여름 폭서와 한겨울 한파 때는 한시가 급하다. 소년은 그늘도 바람 막을 장소도 찾지 않았다. 소년이 우뚝 서 있게 되는 곳이 어디일지 몰랐다. 그래서 때때로 폭염이나 한풍에 고스란히 노출된 채 하염없이 머물렀다. 그곳을 빨리 찾아내지 못하면 꽁꽁 얼어있거나, 아니면 열사병이 날만큼 지쳐있었다. 어떤 것에 사로잡히면 시간 개념도 감각도 없어지는 모양이었다.

여자는 지갑과 물과 양산을 챙겨 들고 소년 뒤를 따라 나갔다.

냇가엔 벚꽃이 흩날렸다. 소년은 벚나무 아래 서 있었다. 다행이었다. 벚꽃 그늘이 햇살을 반쯤은 거두어주었다. 봄이지만 햇살은 이미 강렬했다. 바로 내리쬐는 햇빛 아래 오래 서있는 건 무리였다.

여자는 냇가에 세워놓은 정자 그늘 아래 앉았다.

조금 떨어진 곳에서 편히 지켜보기로 한 것이다.

소년은 늘 그런 시간이 필요했다. 머물러 있는 시간이.

소년의 멈춤, 을 바라보고 있으면 여자의 시간도 종종 멈추었다. 어떻게 보면 장소든 시간이든 멈추게 하는 재주가 소년한테 있는 듯했다.

토요일 아침나절.

아파트를 끼고 흐르는 냇물이지만 주민들은 이곳을 잘 찾지 않는다. 늘 있는 것은 구경거리가 아닌 모양인지, 이른 아침이나 해거름에 산책하는 사람들이 더러 있을 뿐이다. 지금도 인적은 없다.

인적 없는 냇가에 홀로 서 있는 소년.

허공을 향한 소년의 얼굴로 벚꽃 잎이 하늘하늘 떨어진다.

여자는 직감한다.

직감대로 소년이 울음을 터뜨린다.

무엇을 감지했을까.

모르겠다.

하지만 여자도 느낀다. 무엇인가를.

그러나 흔들리진 않는다. 흔들리지 않고 소년의 울음을 바라본다. 언제부터 그렇게 되었을까. 평정한 가운데 울음을 바라볼 수 있게 된 것이. 언젠간 소년의 의식까지 선명하게 감지할 수 있을지도 모르겠다.

***

우주는 소리다.

수많은 별이 생겨나고 흩어지면서 내는 소리가 우주를 떠돈다. 별들은 서로 가까워지고 멀어지면서, 서로 부딪치면서도 소리를 만든다. 그 소리가 마주치고 합쳐지며 또 다른 소리로 태어나기도 한다. 그래서 우주에는 끊임없이 소리가 탄생하고 흐른다.

사람은 늘 그 소리를 만난다. 세상에 태어나는 노래는 우주에서 온 것이기 때문이다. 우주의 소리를 들을 수 있는 사람이 그 가락을 세상에 전한 것이다. 감각만 열려있으면 소리의 흐름에 편승할 수 있다. 그 흐름을 따라가리라, 그렇게 마음먹으면 우리는 드디어 자연이 되고 우주가 되어 따로 놀지 않아도 된다. 더 이상 외로운 우주의 고아가 아닌 것이다.

소리의 흐름에 몸을 맡겨도 좋다.

춤은 그렇게 태어났다. 일부러 조작하지 않아도 몸짓은 조화롭다. 조화를 잃지 않으려면 예민하게 깨어있되 긴장하지는 말아야 한다. 예민한 반응만으로 유연하게 파도를 타는 것처럼, 소리의 파도를 타는 것이다. 오직 소리의 흐름에 몸을 맡길 뿐 어떤 욕망도 일으켜서는 안 된다. 의식은 깨어 있으나 욕망하지 않는 상태. 그 몸짓은 우주의 기운과 지극한 합일을 이룬다.

소리에 집중하면 언어도 춤을 춘다.

언어도 가락이기 때문이다. 의식을 열어놓은 채 고요히 기다리면 언어의 가락이 보이기 시작한다. 잔잔하고 맑은 물속의 자갈처럼 선명하게 떠오른다. 억지를 쓰지 않아도 언어가 운율을 갖추는 것이다. 이제 보이는 대로 표현하기만 하면 된다. 문자를 빌리기도 하고 색채를 빌리기도 하면 되는 것이다. 영혼을 움직이는 글과 그림은 그렇게 우리에게 온다.

하지만 알고는 있어야 한다.

우주에서 온 것이 아닌 노래도 있다는 것을.

어떻게 알아내야 하는지 걱정할 필요는 없다. 억지로 만들어낸 노래는 전혀 조화롭지 않다. 그런 노랫가락이 울려 퍼지면 감각이 괴롭고 대기는 혼탁해지며 식물도 긴장한다. 노래의 흐름에 저절로 마음과 몸이 따르고 순해져야 하지만 그렇게 되지 않는다. 그렇다면 그 노래는 조작된 것이다.

소년은 들었다.

하늘을 바라보고 있으면 소리가 들렸다.

아니, 하늘이 아니라 천지 사방이 내는 소리였다.

그 소리가 들리지 않는다니. 사람들에게 들리지 않는다니.

그런데 말할 수도 없었다.

전할 수가 없었다.

오랫동안 그랬다.

그래도 지금은 다행이다. 소년은 가락으로 노래를 전할 수 있게 되었다. 피아노 덕분이다. 하지만 아직도 많이 답답하다. 많은 것을 전할 수 있게 되었지만 많은 사람이 알아듣게 할 수는 없었다. 그리고 더 답답한 것은 자신이 사람들의 의식을 온전히 알아챌 수 없는 것이다. 그건 소년 잘못이 아니다. 사람들의 조화롭지 못한 의식 탓이다. 진실과 욕망의 부조화가 만들어낸 혼탁한 의식 탓이지만 소년이 아직 그것까지 알지는 못한다. 그래서 혼탁한 의식이 만든 갈등이 마냥 무겁고 답답하기만 하다. 답답한 느낌은 저절로 사라지기도 하지만 점점 심해지기도 한다. 그럴 땐 정말 누군가 가슴을 누르고 있는 것 같다. 그 느낌을 벗어나려면 의식이 조화로운 곳을 찾아야 했다. 답답함이 극에 달하면 간절히 그런 곳이 필요했다.

그래서 소년은 지금 냇가에 있다.

산당화 꽃가지 속에는 작은 새 무리가 쉬고 있다.

큰 새는 감히 들어올 엄두를 내지 못하는 곳이다. 붉은 꽃과 초록 잎으로 뒤덮인 가지들이 틈도 없이 **빽빽**하기 때문이다. 어디든 쑤시고 다니고 꽃마다 부리를 들이대는 직박구리도 산당화엔 별 관심을 보이지 않는다. 꽃은 지천으로 피어있고 큰 꽃나무를 탐하기에도 바쁜 철이기 때문이다.

지금도 구름 같은 벚꽃송이마다 직박구리가 매달려 마구 꽃잎을 헤집고 있는 중이다. 벚꽃은 한꺼번에 많이도 피어났다. 어느 꽃송이에도 진득하니 오래 머물지 못한다. 이 꽃나무에 앉으면 저 꽃나무가 탐나고 거기로 날아가면 다른 꽃나무가 더 탐스럽다. 꽃 꿀도 먹어야 하고, 짝도 찾아야 하고, 이래저래 바빠서 소리라도 지르며 날아다니지 않을 수 없다. 참 분주한 새다. 직박구리가 시끄럽게 울어대며 여기저기 날아다니는 통에 봄꽃 나무도 몸살이 날판이다.

빽빽, 날카로운 소리를 내지르는 직박구리 한 쌍이 저공비행으로 산당화 수풀 바로 옆을 스치며 지나간다. 소리만큼 날랜 비행 솜씨다. 지레 놀란 뱁새 무리가 산당화 가지 속에서 떼 지어 날아오른다. 많이도 숨어 있었다. 포르릉 포르릉 부산한 날갯짓으로 뱁새 떼가 다시 숨어 들어간 곳은,

개나리 우거진 덤불.

개나리는 꽃이 지고 잎이 제법 무성해졌다. 가지 위엔 지난해 타고 올라간 덩굴 식물의 마른 줄기가 지붕처럼 덮여 있다. 그래서 작은 새들이 즐겨 날아드는 곳이기도 하다. 뱁새 무리가 급히 날아 들어간 개나리 덤불 아래 있던 까치가 깍깍 울어댄다. 집을 보수할 나뭇가지를 찾으러 내려왔다가 돌풍처럼 지나가는 뱁새 무리에 놀란 것이다. 급하게 날아오르는 바람에 기껏 물고 있던 나뭇가지를 떨어뜨리고 말았다. 별일이 아니란 걸 알아차리고 다시 내려앉았지만 깍깍, 소리로 존재를 과시한다.

나뭇가지를 물고 은사시나무 꼭대기로 날아오르는 까치.

둥지 위 까치는 몹시 부산하다. 부리가 둥지를 고치는 동안 긴 꼬리는 허공에서 균형을 맞추는 춤을 춘다. 아슬아슬한 높다란 둥지 밖으로 보이는 꽁지깃이 허공에 날렵하다. 낡고 썩은 나뭇가지가 부서지면서 둥지 아래로 떨어진다. 떨어진 나뭇가지가 땅에 닿기도 전에 알록달록한 새 한 마리가 파드득 난다.

까치둥지가 지어진 은사시나무 줄기를 쪼고 있던 오색딱따구리다.

애벌레를 찾느라 나무를 쪼아대던 톡톡, 소리가 잠시 멎었다. 암컷이 둥지를 지키고 있는 동안 먹이를 찾으러 나온 수컷이다. 물결치듯이 날아가는 뒷머리와 아래꼬리덮깃이 선연하게 붉다. 까맣고 하얀 몸통 빛깔 때문에 붉은 색이 더욱 선명하다. 굵은 팽나무로 옮겨 간 딱따구리는 아무 일 없었던 듯 줄기를 타고 오른다. 놀라서 날아오른 건 아닌 모양이다. 하긴 딱따구리도 어지간히 무엇인가를 떨어뜨리는 존재다. 나무줄기를 파고 들어가 둥지를 지으니 오죽할까. 둥지 하나를 지을 때마다 수천 번 나무를 쪼아야 한다니, 땅으로 흩어져 내린 파낸 나무 파편이 얼마나 될까.

탁탁탁, 딱따구리의 나무 쪼는 소리가 다시 울린다.

나무껍질이라도 떨어졌는가.

나지막한 철쭉 가지에 앉아 먹이를 찾던 딱새 한 쌍이 재빨리 날아오른다. 옮겨 앉은 곳은 역시 키 작은 어린 감태나무. 감태나무는 아직도 묵은 잎을 그대로 달고 있다. 연한 갈색으로 마른 작은 이파리는 새순이 나오는 걸 보고야 떠날 모양이다. 딱새 부부는 나란히 뻗은 감태나무 가지를 하나씩 차지하고 정면을 응시한다. 때마침 불어오는 바람에 가지가 흔들린다. 꽉 잡은 발에 잔뜩 힘이 들어가 있다. 절대 놓지 않겠다는 듯 가지를 꽉 잡고 있는 발가락과는 달리 꼬리는 파르르 떨린다. 보드라운 주황, 노랑, 잿빛 깃털에 잔물결이 인다.

한 곳을 응시하고 있던 딱새가 딱딱, 소리를 낸다.

바람에 대항이라도 하는 것인가.

아님 짝과 대화를 나누는 것인가.

이런 저런 이유로 냇가 숲은 온갖 소리로 가득하다.

온갖 소리로 가득하지만,

어떤 소리도 다른 소리를 묻어버리지 못한다.

모든 소리는 살아 있고 모든 소리가 생명의 잔치가 되는 곳이다.

어린잎을 달고 있는 귀룽나무 가지 사이로 바람이 지나간다.

귀룽나무가 속삭인다.

치렁치렁 처진 수많은 가지들이 바람에 흔들리며 속삭인다.

가지들에 매달린 작고 하얀 꽃들도 속삭인다.

소리에 몸을 맡기면 된다고.

흐름을 타라고.

그것이 삶의 본질이며 궁극의 아름다움이라고.

흔들리는 가지가, 꽃이, 바로 그 증거라고.

눈앞에 펼쳐진 모든 자연이 생생한 증거라고.

***

소년의 얼굴은 하늘을 향해 있다.

여자의 눈길도 이제 소년과 같은 곳을 바라보고 있다.

몹시 고요해진 여자의 의식.

잔잔한 의식의 거울에 모든 것이 비치고 있다.

식물의 수런거림과,

그 속에 하나 되어 움직이는,

바람,

꽃,

구름,

그리고 소년의 의식까지.

23

은방울꽃이던가?

베란다엔 봄 햇살이 어지럽게 자글거렸다.

바깥 공기가 차단된 베란다 화단은 온실처럼 온도가 올라갔지만 금생은 느끼지 못한다. 화초를 돌볼 때는 창문을 열어놓고 모자도 쓰고 나와야 했지만 오늘은 그런 준비가 없다. 그런 준비가 없는 것도 깨닫지 못하는 금생의 손이 자꾸 허방을 짚는다. 동백 화분을 잡는데 손끝이 제라늄 줄기에 닿아있고, 차나무 잎을 닦으러 다가가는데 남천 가지가 얼굴을 찔렀다.

빨간 남천 잎이 후드득 베란다 바닥에 떨어진다.

겨우내 예쁘게 물든 채 가지에 잘 달려있던 잎이었다.

아파트 베란다엔 눈보라도 비바람도 없다. 그래서 물기가 거의 날아가 가벼워진 잎은, 중력과 대기의 밀도 사이에서 균형을 유지하며 얼마든지 버티어낼 수 있었다.

　그날도 그랬다.

　잎은 무게도 없이 햇살 속에 둥둥 떠 있었다. 유난한 햇살에 가벼워진 공기가 자꾸만 위로 치솟았던 것이다. 사실 어떤 변화가 기다려질 만큼 흐름이 멎어있었다. 변화가 필요했다. 변화를 가져다 줄 사람의 손길이 필요했다. 그리고 그 손길은 늘 때맞춰 왔다. 금생이 베란다 화단으로 들어서자 공기가 이리저리 흔들렸다. 드디어 왔다. 화초는 기다림에 들떴다. 둥둥 떠가는 공기를 가라앉힐 무언가를 기다리고 있었다. 하지만 더워진 공기는 점점 치솟기만 하고 물의 기운도 없었다. 이상하긴 했다. 금생과 함께 왔던 것들이 그날은 없었다. 대기를 순환시키던 바람도 없었고 뿌리와 잎을 적시던 물도 없었다. 금생의 움직임만 느껴질 뿐 기다리던 일은 일어나지 않았다.

　혼란스러웠다. 그래서 감각도 예민하지 못했다.

　금생의 얼굴이 갑자기 다가왔다. 다가오는 걸 알았지만 피할 수가 없었다. 남천 가지가 움찔하긴 했지만 이미 늦었다. 예민하게 깨어있지 못한 탓에 반응이 느렸기 때문이었다. 그래도 눈을 찌르는 건 막을 수 있었다. 날카로운 가지 끝은 속수무책 다가오는 금생의 눈을 살짝 피해 눈두덩에 닿았다. 그러고도 다른 가지와 잎이 금생의 얼굴을 스쳤다. 하지만 금생은 느끼지 못했다. 오히려 금생이 다가오는 것을 감지한 남천이 과한 몸짓으로 존재를 알리려 했다. 덕분에 많은 잎이 작은 새처럼 분주히 바닥을 향해 내려앉았다. 그러나 울긋불긋 화려하게 바닥을 장식한 남천 잎마저도 금생의 시선을 잡지 못했다.

206

금생의 눈은 다시 다른 곳으로 향한다.

꽃이 피었다.

초록 잎 아래 방울처럼 달랑거리며 피어있는 흰 꽃.

은방울꽃이던가?

그렇지. 은방울꽃이 분명해!

금생은 꽃을 향해 고개를 숙였다. 그리고 손도 뻗었다. 잎을 만지려 했는지 꽃을 보려 했는지는 알 수 없다. 금생의 손이 향한 곳은 허공이었다. 눈길과 손길이 서로 다른 곳을 헤매었다. 베란다 식물은 금생의 손이 무의미한 방향으로 가고 있는 걸 알았다.

금생이 베란다에서 일어나 거실로 들어간다.

아니, 거실로 들어간 건 마음뿐이었다. 모든 기억은 망각 속으로 사라지고 금생의 몸은 베란다 바닥에 쓰러진다. 쓰러지는 금생의 팔에 부딪친 은방울꽃 화분이 넘어지며 산산조각난다. 귀를 찢는 날카로운 소리가 집안을 울린다. 화분은 살신성인의 책임을 다하고 장렬한 최후를 맞이한다.

안방에서 손톱을 깎고 있던 현세가 뛰어나온다.

누울 자리가 아닌 곳에 누워있는 금생.

베란다 풍경은 너무나 생소하다. 서 있는 식물 사이에 같이 서 있어야 할 금생이 보이지 않는 풍경. 같은 직립이 주던 조화로움이 사라졌다. 조화를 깨버린 주인은 엉뚱하게도 누워있다. 서 있어야 할 자리에, 아니면 앉아 있어야 할 자리에 왜 누워있는가. 인정하기 싫은, 상황을 받아들이고 싶지 않은 현세의 감정이 마구 화를 낸다. 아니, 이성을 잃은 감정이 멋대로 억지를 부린다.

당신, 참 나쁜 사람이오.

해서는 안 될 행동을 하고 있지 않은가.

그런 곳에 누워 있다니.

누울 자리가 아니란 말이오.

현세는 금생이 사라진, 화초만 서 있는 베란다에서 금생을 헛되이 찾는다. 애써 바닥을 보지 않으려, 현실을 외면하려 한다. 하지만 애쓴 보람은 없다. 해가 너무 밝다. 아무것도 가려주지 못하는 야속한 밝음.

누워있는 금생의 몸 위로 찬란하게 내려앉은 햇살.

눈부신 햇살 속에 금생의 모습이 아련하다.

현세의 정신도 아뜩해진다.

– 기어이!

현세의 외침을 금생은 듣지 못한다.

귀에는 다른 소리가 가득하다. 눈앞이 캄캄해지는데 귀로 소리가 몰려들어온다. 아니, 그 소리는 본래 거기에 있던 것이었다. 금생이 이제야 그것을 만난 것이다. 밖에서 들려오는 소리 대신에 감지되는 소리. 움직임이 사라진 자리를 가득 채운 다른 소리. 그걸 소리라 불러야 할지 모르겠지만 금생은 어떤 속삭임을 듣고 있었다.

몹시 허둥대는 마음과는 달리 현세는 천천히 베란다로 다가간다.

금생은 화초 사이에 누워있다. 많은 시간을 보내던 곳에 누워있다. 미나가 없는 시간을 온통 차지했던 베란다는 이제 시간이 멈추었다. 금생의 손길이 끊어진 시간 속에 멈추어 있는 것이다. 사실은 현세의 의식이 그렇게 잠시 멈추었다 깨어난다.

기어이.

막연한 불안이 현실로 나타났다. 불안의 원인은 바로 이것이었다. 금생은 결코 보이는 모습처럼 평온하지 않았다. 평온한 모습이 내내 불안했다. 불안했지만 살피고 싶지 않았다. 살피려면 드러내놓아야 했으니 그게 두려웠는지도 모르겠다. 억지로 만든 평화지만 흔들기 싫었다. 금생이 보여준 평정은 진정한 평정이 아니라 살얼음으로 가린 것이었다. 살얼음 아래로 거세지고 탁해지는 흐름. 그걸 못 본 척했다.

아니, 사실은 아무것도 보이지 않았다. 오랫동안 그랬다.

현세 마음은 황폐했다. 그곳엔 누구도 들어와 쉴 수 없었다. 숨 쉴 수 있는 공간이 없었다. 자기 자신조차도. 그러니 금생이 들어올 자리가 있었을 리 만무하다. 그 시간 속에 금생에 대한 기억은 없었다. 아내가 어떤 시간을 어떻게 견디고 있었는지 알 수 없다. 자식을 잃은 어미란 걸 생각하지 못했다. 생각하는 것조차 견딜 수 없는 시간이었다.

오직, 생각을 피하는 노력으로 견뎌왔던 시간이었다.

돌이켜보아도, 그 시간 속에 기억은 없다.

어떤 생각으로 살았는지, 무슨 일을 하며 살았는지, 어떤 것을 먹었는지, 어떤 잠을 잤는지. 그리고 아내가 무엇을 하고, 무엇을 먹고, 어떤 모습으로 지내고, 어떤 잠을 잤는지. 그 시간 속 기억에는 아무것도 없었다.

언제부터 아내가 보였을까.

언제부터 숨을 쉬기 시작했을까.

언제부터 황폐한 들판에 풀이 자라기 시작했을까.

그 들판에 비가 내리고 바람이 돌아왔을까.

그리고 아내도 돌아왔을까.

마침내 아내가 보였다. 그게 언제부터였는지 알 수 없지만.

돌아온 아내는 평화로웠다.

평화로운 일상을 보내고 있었다.

밥을 짓고 청소를 하고 화초를 돌보았다.

좋았다.

눈에 보이는 일상의 평화가 좋았다.

다시는 잃고 싶지 않았다.

현세는 보이는 대로 믿고 싶었다.

평화를 움켜쥐었다.

그러나,

손에서 쥐가 나도록 꽉 쥐고 있던 평화는 불안했다. 차라리 아내가 마음껏 울기라도 한 날엔 잠을 편히 잤다. 평화조차 불안했지만 이유는 생각하지 않았다. 불안의 이유를 고민하지 않았다. 생각하지 않으려는 것이 습관이 되어 버렸는지도 모르겠다. 사실은 내내 아내의 상심에 불안했다. 아내의 고요는 평정심의 결과물이 아니었다. 그녀의 마음이 조금씩 뜯겨나가고 있다는 증거였다. 감정을 드러내지 않는 것이 아니라 상처의 딱지가 감정을 가로막고 있었다. 고요가 아니라 무력감이었다. 그러나 알면서도 알고 싶지 않았다. 그 상처는 현세의 상처였고, 현세는 그걸 다시 직시할 자신이 없었다. 외면하고 싶었다.

외면한 가운데 평온을 가장한 시간이 흘러갔다.

외출도 하고 여행도 다녀왔다. 그런 날이 올 줄 상상이나 했겠는가. 옷을 차려입고 여행가방을 꾸렸다. 여행 자체도 놀라웠지만 살아있다는 생생한 감각에 몸을 떨었다.

살아있다는 생생한 감각.

어떤 이가 그런 선물을 던져주었을까.

순천의 갈대밭은 황홀한 흔적을 남겼다.

그날이 떠오르면 가슴이 온통 설렘으로 가득 찼다. 하지만 설렘은 극심한 불안으로 바뀌기도 했다. 불안은 어디에서 온 것인가. 설레었던 기억이 불안의 이유는 아니었다. 기억이 순서가 뒤바뀐 채 떠올랐을 뿐이다. 불안하기 시작하면 갈대밭을 떠올렸다. 황홀한 기억으로 불안을 몰아내고 싶었던 것이다.

불안은 바로 아내로부터 왔다. 그걸 부정하고 싶었다. 아내 때문에 불안해지는 마음을 설렘의 기억으로 덮어버린 시간이었다. 그러니 갈대밭 추억은 차라리 불안을 위로하는 기억이었다. 습관이 되어 버린 착각. 착각이 제 모습을 드러낼까 두려운 마음이 기억을 뒤섞고 조작했다. 그리고 현세는 조작된 대로 믿고 싶었던 것뿐이다.

아내한테도 여행은 특별한 선물이었다. 그건 분명했다. 상심으로 굳은 마음을 봄바람처럼 어루만지고, 온기를 불어넣고, 호흡을 편하게 해주었다. 다만, 그 선물이 만병통치약이 되지 못했던 것뿐이다. 없었던 일로 돌려놓지는 못했다. 그리고 올바른 치료의 방향으로 돌려놓지 못했던 상처는 악화의 방향으로 천천히 진행되었다.

진행은 은밀하게 이루어졌다.

여행을 다녀온 아내는 더욱 고요해졌다. 평온한 모습으로 화초를 돌보았다. 싱싱한 식물 속에서 시간을 보내는 아내의 절제된 움직임은 아름답기까지 했다. 그러나 그 모습을 오래 지켜보고 있지 못했다. 평화로운 일상을 보는 것이 힘들었다. 평화가 주는 아름다움에 가슴이 벅찰수록 두려움이 함께 요동쳤다.

그 두려움이 어디에서 온 것인지 현세는 알고 있었다.

기억의 장난을 알고 있었던 것이다.

베란다에 누워있는 금생을 향한 외마디 외침이 그 증거다.

'기어이!'

그 말의 뜻은 너무도 분명하다.

현세의 가슴 깊이 살고 있었던 오래된 언어가,

마침내 탄생한 순간이었다.

예견된 염려와,

사실이 아니길 바랐던 초조한 마음과,

외면하고 싶었던 불안의 증거로.

***

금생한테 미나는 또 다른 세계의 탄생이었다.

미나가 아니면 그런 세계는 존재하지 않았다.

아들을 낳아 길러 본 어머니였다. 이미 어미의 세계는 경험했다. 하지만 달랐다. 모든 인간은 각자의 세계를 가졌고, 그래서 다른 것이 마땅하다는 것을 증명이라도 하듯 너무도 달랐다. 그래서 탄생을 기적이라고 하는지도 모른다. 존재한 적이 없던 새로운 세계가 열리는 셈이니까.

하긴 마흔 일곱에 아기를 가진 것이 기적이었다.

금생은 두고두고 그 사실이 놀라웠다. 상상이나 해 보았겠는가.

잉태 소식은 별을 따다 준다는 말보다 먼 나라 이야기로 들렸다. 그런 놀라운 일이 자신한테 일어났다는 걸 받아들이는 데 몇 초의 시간이 필요했다. 불과 몇 초? 라고 말하는 사람이 있다면 무얼 모르고 하는 소리다. 인식하는 속도가 얼마나 빠른지를 한 번이라도 생각해보았다면 말이다. 듣는 속도가 곧 인식의 속도다. 보통은 그렇다. 인식하는 시간을 느끼지도 못할 만큼 빠르다.

그런데 의사의 입에서 나온,

'임신입니다.'

라는 소리를 눈앞에 두고 멍하니 바라보고 있었다.

말이 귀로 들어오지 않았다. 처음 보는 세계가 눈앞에 펼쳐진 것처럼 그 말이 허공에 떠 있었다. 그게 그녀 것이 되기까지 걸린 시간과 과정을 눈앞에서 보는 경험을 했던 것이다.

말이 던져지고,

말의 의미가 눈앞에 펼쳐지고,

눈앞의 광경을 시각이 받아들이고,

시각이 그것을 인식하는 과정을.

이렇게 현란하고 장대한 과정을 거친 먼 나라 이야기가 드디어 그녀 이야기로 인식되었을 때는, 너무 놀라 포기하고 싶었다. 부끄럽기도 했다. 나중엔 무엇이 부끄러웠는지 기억 못할 정도로 까맣게 잊었지만.

흥분이 가라앉았다.
임신은 현실이었다.
'잘 키울 수 있을까.'
낳아서 키우겠다는 결심을 한 순간 든 걱정이었다. 그리고 곧 뒤따른 생각.
'얼마나 오래 아이 곁에 남아 부모 노릇을 해줄 수 있을까.'
그 생각이 들자 다른 것은 아무 상관이 없어졌다. 늙은 부모를 선택한 자식의 입장이 다른 문제를 가려버린 것이다. 그래서 낳고 키우는 문제는 아주 가벼운 일로 느껴질 정도였다. 그리고 미안했다. 잠시라도 다른 생각을 했다는 사실이.
나이 든 엄마를 찾아 들어온 생명. 무엇을 믿었던 걸까. 도대체 어떤 아이가 이런 모험을 해주었던 말인가. 태아는 이미 금생의 아이였고 모든 게 조심스러웠다.
아기 소식을 들은 현세의 표정은 잊을 수가 없었다.
잠시 망설였던 그녀 마음이 남편 몰래 덜컥 내려앉았다. 티 없이 좋아하는 얼굴에 심장이 쿵쿵 뛰었다. 그제야 금생도 흠뻑 기쁠 수 있었다. 현세의 얼굴은 정말 좋은 일이 생겼다는 징표 같았다. 그 징표는 힘겨웠던 임신 기간 내내 힘을 발휘했다. 물 냄새도 역겨워 기진맥진해 누워있을 때도, 차오르는 배 때문에 밤새 뒤척이며 깊은 잠을 못잘 때도, 결코 후회란 말조차 떠올릴 수 없게 했다.

지금 애 아버지가 된다면 어떨까요?

그 말을 단박에 알아들었다. 금생이 몇 초의 인식 과정을 거쳐야 했던 것과 달리 현세는 듣는 순간 인식했다. 그리고 얼굴 전체로 퍼져나가던 환희. 무얼 보면 그렇게 감격스러운 얼굴이 될 수 있을까. 그렇게 기쁜 미소를 줄 수 있을까.

그런 감동과 기쁨을,

미나는,

태어나기 전부터 아버지한테 주었던 것이다.

그랬던 미나가 떠났다.

떠나면 안 되는 사람은 존재하지 않는다.

물론 미나가 그런 존재였다는 말도 아니다.

어떤 질서 안에 존재했던 생명이었다.

누구를 위해서 태어난 것이 아니었다. 어떤 목적의 수단으로 태어나지도 않았다. 생명 자체가 목적이라면 목적이었다. 질서 속에 존재하다가 질서 속으로 사라지는 것이 섭리다.

그랬을 뿐이었다.

다만,

진작 그것을 깨닫지 못했다. 미나가 존재하는 동안 깨닫게 되었더라면 좋았다. 그랬으면 다른 차원의 세상을 살았겠지만 그렇지 못했다. 그래서 믿을 수 없었다. 믿고 싶지 않았다. 너무 생생하고 단단한 꿈이었다. 깨어날 꿈인 걸 도무지 알지 못했다. 도무지 알지 못했던 데 대한 보상은 뜨겁고 아팠다. 지옥불이 거기 있었다.

그리고,

금생과 같이 지옥불에 던져진 사람.

가장 힘이 되었지만 가장 힘들게 한 사람.

모든 것을 놓아버린 사람.

현세는 줄이 끊어진 꼭두각시가 되어 버렸다.

미나, 라는 줄이 사라지자 움직이지 못했다.

고장 난 장난감.

영원히 고장 난 채로 살진 않을까.

마치 그녀 잘못으로 생긴 일인 것 같았다.

차라리 미나를 낳지 않았더라면.

그랬다면.

하지만 마음 놓고 후회할 자유도 없었다.

현세는 꺼져가는 불씨처럼 위태로워 보였다.

금생이 살아가는 유일한 이유가 되었던 불씨 지키기.

조심조심 곁을 지켰다.

한 줄기 약한 바람도 위험했다.

그래서 시원하게 울지도 못했다.

울음을 참았다.

눈물을 누르고 눌렀다.

참았더니 잊어버릴 수 있을 것 같았다.

드디어 잊었다!

미나를!

미나와 함께했던 기억을!

그랬다고 믿었다.

하지만 믿음은 그녀를 배신했다.

아무것도 잊히지 않았다.

모든 것은 살얼음판 아래 숨어 있었다.

살얼음은 얼음을 가장한 물이었다.

흔들리는 물이었다.

물보다 더 위험한 물이었다.

단단한 것으로 믿게 해놓고 한순간에 삼키는 무서운 착각이었다.

그리고,

때를 기다린 듯,

한 걸음 내딛는 순간 본성을 드러내고 활짝 입을 벌렸다.

박산 같이 연한 얼음은 산산조각 났다.

그렇게 잊고 싶었던 기억이,

그제야,

조각난 얼음과 함께 거침없이 흘러갔다.

금생의 귀에는,

은방울꽃 화분이 산산이 부서지는 소리가 들리지 않았다.

갈대밭이다.

아직은 여름 기운.

꽃이 피지 않은 갈대 풀빛이 신선하다.

그리고 고요하다.

초록의 세상.

키 큰 갈밭 물결이 바다보다 더 푸르게 출렁인다.

어제는 어디에 있었던가.

어제의 시간은 갈대의 푸름 속으로 사라졌다.

망각 속으로 사라진 기억들.

오직,

지금만 있을 뿐인 시간.

그들은 그런 사람이 되었다.

평생을 꿈꾸어온 시간이,

모든 걸 잊어버린 때,

찾아온 것이다.

작가의 말

노인은 지하도 바닥에 앉아있다. 계속해서 어떤 이름을 부른다. 분명히 울부짖는데 눈물은 흐르지 않는다. 그리고 얼굴에 표정이 없다. 아니, 어떤 표정을 지을 수 없을 정도로 넋이 나간 게 분명하다.

십 년이 훨씬 지난 일이다.

대구 지하철에서 불이 났다. 방화였다.

많은 사람이 다치고 죽었으며 아직도 후유증에 시달리는 사람이 많다고 한다.

나는 텔레비전 뉴스로 그날의 참상을 기억한다.

지하도 바닥에 앉아 딸을 부르며 울던 노인이 있었다. 대답 없는 휴대전화기에 대고 딸 이름을 부르던 노인. 주변 상황과 정경은 도무지 떠오르지 않는데 노인이 딸을 부르던 그 장면은 사진처럼 가슴에 남아있다. 혼절에서 깨어난 노인이 했던 말과 함께.

〈잊어버리는 약 있으면 좀 주시오.〉

물론 이 말도 정확한 기억인지는 모르겠다. 하지만 담고 있는 뜻은 분명히 그랬다. 되돌릴 수 없는 일이라면 제발 잊게 해달라는. 너무 안타까워 대신 딸 노릇을 하면 안 될까, 하는 생각까지 했으니까. 노인이 속아만 준다면 그렇게라도 위로가 되고 싶었다.

그때 기억은 한동안 떠나지 않았다.

노인은 어떻게 되었을까, 살 수는 있을까, 하면서.

열두어 살쯤 되어 보이는 소년이다. 혼자 서서 운다. 얼굴은 허공을 향해 있다. 울음을 터뜨리는 소년의 얼굴엔 아픔과 슬픔이 가득하다. 주위에는 아무런 일도 없다. 오직 소년 홀로 서럽게 울고 있다.

도무지 시기를 짐작할 수 없는 또 다른 기억이다.

아마도 피아노 천재 소년에 대한 텔레비전 다큐멘터리였을 것이다. 아주 예민한 감각을 타고 난 아이였다. 정말 노래 가사처럼 스치는 바람에도 울었다. 소년의 남다른 감수성 속에는 특출한 재능이 숨어 있었는데, 스스로 작곡을 하고 연주를 하는 능력이었다. 이 내용이 정확한지는 모르겠다. 기억은 왜곡되기도 한다니까. 그래도 울음을 터뜨리던 모습에 마음이 몹시 아팠던 느낌은 지금도 또렷하다. 마치 정지된 화면처럼. 화면 속에는 당시의 내 감정이 생생하게 담겨있다. 유독 강렬했던 감정이 사진처럼 마음에 찍혀버린 것일까. 앞뒤 내용은 희미하지만 멈추어버린 그 화면과 감정은 너무도 선명하다.

***

라디오를 켜놓고 자는 습관이 있다.

잠이 빨리 들지 않아 생긴 버릇이다.

한밤에 잠들지 못하고 오래 깨어 있으면 작은 소리에도 매우 예민해진다. 지나가는 바람에도 귀가 쫑긋하고 어지러운 생각에 휘둘리기 일쑤다. 그리고 밤에 들리는 소리는 왜 꼭 어두운 상상을 불러일으키는지. 그럴 땐 어릴 때 들었던 귀신 이야기가 단골로 떠오르기도 한다.

차라리 모든 소리를 묻어버리자.

궁여지책으로 찾은 방법이 라디오 음악 방송을 켜놓는 것이었다.

음악은, 적어도 쓸데없는 상상을 불러일으킬 다른 소리는 막을 수 있었다. 물론 완벽한 방법은 아니다. 음악이 모든 생각과 상상을 묻어버리진 못한다. 정신을 더욱 각성시켜 도리어 어떤 것에 몰두시키는 경우도 있다.

그날 밤이 그랬다.

반도네온 선율에 마음이 멈춘 것이다.

선율의 소나기 속에 갇혀 오히려 완전해진 느낌.

처음 만남이 아니다. 아주 익숙한 선율.

하지만 비로소 진짜로 만난 듯한 감흥.

아스토르 피아졸라의 〈망각〉이었다.

인연이 닿지 않으면,

눈앞에 있어도 보이지 않고,

귀가 있어도 듣지 못하는 모양이다.

소설 제목은 그때 정해졌다.

내용이 아니라 느낌이 정해진 것이다. 느낌을 어떻게 소설로 써야 할까 하는 걱정은 하지 않았다. 계획을 잡고 소설을 시작하는 것이 아니라 동기가 생기면 시작이기 때문이다. 그 동기는 다양하지만 아주 단편적이다. 어떤 사람의 한 마디 말, 어느 날 귀에 들어온 음악, 드라마나 영화의 한 장면, 산책길이나 자연에서 얻어걸린다. 물론 평소엔 그냥 지나쳤을지도 모른다. 그리고 왜 그때, 그것이, 그 장면이, 그 소리가, 나를 사로잡았는지도 알 수 없다.

어느 날 밤,

오직 느낌만으로 충만한 제목이 정해졌다.

어떤 구절로 시작될지도 알 수 없는 가운데 책상 앞에 앉았다. 비로소 조금 막막한 기분이 들었다. 어쩌면 아무것도 아닌 걸로 끝나는 것이 아닐까. 물론 겨우 출발선에서 포기하고 싶었다는 뜻은 아니다. 커다란 기대가 품은 긴장감 같은 것이었다.

제목만 떠올리며 앉아 있었다.

기다리는 시간이 길어졌지만 초조하진 않았다. 도리어 기대가 점점 커졌다. 씨앗을 두고 나무를 상상하는 꼴이었다. 떡잎도 보이지 않는데 마음은 걷잡을 수 없는 기대로 부풀었다. 그리고 문득 어떤 기억이 뛰어들었다. 마침내 이야기가 시작된 것이다.

소년과 노인의 기억이 왜 동시에 뛰어들었을까.

두 기억은 어떤 관련이 있는 것일까.

그리고 〈망각〉의 선율과 어떻게 연결된 걸까.

노인의 절절한 외침이 〈망각〉 속으로 뛰어들었는지. 〈망각〉의 선율이 노인에 대한 기억을 일깨웠는지. 정말 소년이 노인의 아픔을 감지라도 했던 것인지. 그래서 소년의 예민한 감각에 내 의식이 걸려들었는지. 아니면 노인의 기억에서 딸의 기억을 지우고 싶었던 내 소망이 만들어낸 건지.

이 모든 의식은 내가 모르는 나이기도 한 걸까.

정말 공간과 시간을 초월한 의식이었을까.

누가 알겠는가.

그렇지만 분명한 것은,

기억 속 노인과 소년, 그리고 〈망각〉의 선율이,

이야기를 끌어갔다는 사실이다.

처음부터 글이 완성될 때까지 피아졸라 음악과 함께 했다.

같은 느낌을 유지하고 싶었기 때문이었다.